CB027766

Clarice Bean tem um pobrema

Lauren Child

Tradução de
Isa Mara Lando

Adaptação de
Isa Mara Lando
Fabricio Waltrick

Coisas que não se podem explicar – por exemplo, por que que QUE não se escreve só Q?

Talvez você queira saber por que eu fiz tudo aquilo.
Mas, se você fosse eu, compreenderia que às vezes nem eu mesma sei por que faço as coisas.
É difícil explicar.
É que eu fico com uma vontade louca de fazer uma certa coisa, aí vou lá e faço.
E quando vou ver entrei numa tremenda fria.
Minha mãe sempre diz que eu preciso pensar antes de abrir a boca, e que se eu fizesse isso a vida seria muito mais fácil.
Vai ver que ela tem razão.
Mas experimente dizer isso para o meu cérebro!
Ele não pensa tão rápido como eu.
Outra coisa difícil de explicar é por que a palavra QUE

não se escreve só Q, *ou por que a palavra* DEMAIS *não se escreve* D+.

Esse negócio de escrever certo, que na escola eles chamam de "ortografia"... ai! Quem é que sabe de onde veio isso? E por que tem que ser tão difícil? Quem inventou esse treco deve ser uma pessoa muito estranha.

Sabe, tudo começou com a tal "maratona de ortografia", ideia da minha professora, a dona Clotilde. Ela queria ver quem sabe escrever mais certinho na nossa classe.

Eu não sei escrever direito como ela quer. É simples: na minha cabeça não tem lugar para lembrar o jeito certo de escrever cada palavra.

Não é culpa minha, não mesmo.

Olha só, pense num monte de outras coisas na vida que você quer lembrar. Por exemplo, aquela piada que meu irmão Edu me contou, da vaca falando no telefone.

Ou aquela vez que nós saímos de férias, choveu à beça e minha roupa ficou ensopada – até a calcinha!

Quer dizer, escrever certinho não é tão importante assim comparado com essas outras coisas, que são muito mais importantes.

Bom, mas seja como for,
o fato é que essa tal de ortografia é um problemão.

E por causa dela eu entrei numa tremenda fria.

Por exemplo, aquele negócio que todo mundo diz que foi eu que fiz – aquilo que me causou um problemão – aconteceu principalmente por causa da tal da ortografia.
Uma pessoa que sabe escrever direitinho mas que vive arrumando encrenca é o Carlinhos Zucchini, um garoto da minha classe.
Você já deve ter ouvido falar dele – todo mundo conhece esse garoto. Ele vive arrumando confusão, mas acho que não é culpa dele. É que tem horas que ele fica tipo atacado… e não consegue se controlar.
Às vezes ele solta nosso porquinho-da-índia no laboratório, de propósito.
Eu gosto do Carlinhos.
No começo não gostava, mas, depois que a gente se conheceu melhor, comecei a gostar.
Só que ele é o garoto mais bagunceiro da escola, e o que acontece quando a gente faz amizade com alguém assim é que todo mundo pensa que a gente é igualzinho a ele.
E então para que tentar se comportar? Não adianta.

Isso é uma coisa que eu estou descobrindo na minha casa. Meu irmão mais novo, Miguel, tem um jeitinho todo especial de aprender com os meus erros e evitar as encrencas. Como ele consegue? É fácil: jogando as encrencas pra cima de MIM.

Parece que eu estou me transformando em um Carlinhos. Ultimamente tenho tido um montão de PROBLEMAS, um atrás do outro. Não é justo.

O que acontece é que o Miguel sempre começa assim: "Mããããe! A Clarice me deu um beliscão *no* cotovelo!"*.*

É claro que não é verdade –

e se for verdade foi por um bom motivo.

E a mamãe diz, "Estou superocupada, *com uma tremenda dor de cabeça, e ainda tenho que* aguentar *duas crianças* desagradáveis. *Ou vocês vão discutir em outro* planeta, *ou então fiquem* longe *um do outro".*

*Ela não é sempre assim – só quando já está "*até aqui!*".*

E ultimamente é o que mais acontece.

Meu pai é diferente. Ele gosta de dar um jeito nas coisas. É especialista em resolver problemas. Faz parte do trabalho dele – lá no escritório ele passa o dia resolvendo problemas.

Meu pai não tolera brigas e discussões.
De jeito nenhum.
Ele fala assim, "Vocês podem ficar cada um com a sua opinião, *ou podem discutir o assunto civilizadamente, ou então podem* mudar de assunto*".*
Mas o que ele não tolera é ouvir duas vozinhas agudas discutindo e brigando. Ele fica ab-so-lu-ta-men-te maluco.
Outra pessoa que fica maluca com muita facilidade é minha irmã mais velha, a Márcia. Ela vive zangada, e quando não está zangada está trancada no banheiro falando no telefone.
Meu irmão Edu é o mais velho de nós quatro, e passa o tempo todo fechado no quarto dele, sem falar com ninguém.

Então, se até agora você não compreendeu por que é difícil para alguém como eu não arrumar encrencas, experimente ser aluno da dona Clotilde. Porque se você está na classe da dona Clotilde e o seu nome é Clarice Bean não tem dúvida: vai ter encrenca no café, no almoço e no jantar.
É assim que as coisas são.
E nunca houve uma encrenca tão grande na classe da dona Clotilde como a que eu arrumei no semestre passado.

Quem decide o que é **importante** e o que **não é**?

1

Esta terça-feira não é dos meus melhores dias – a classe inteira vai fazer um teste de inteligência. Mas como é possível medir a inteligência num teste? Isso é que é o mais chato na escola: eles testam a gente em uma coisa só – por exemplo,
matemática,
ou a tal da ortografia,
ou aqueles sinaizinhos de pontuação, essas maluquices.
E nem enxergam que você sabe de cor, por exemplo, todos os episódios, ab-so-lu-ta-men-te todos, da Ruby Redfort. E que você é capaz de dizer como foi que a Ruby conseguiu pular de um helicóptero em movimento sem nem torcer o pé. E olha que é uma coisa muito difícil de fazer.

E se de repente você sabe um jeito esperto de consertar a barra da saia com grampeador? Ou plantar bananeira? Ou até mesmo plantar bananeira e ao mesmo tempo desenhar um cachorro com canetinha, ou até mesmo ensinar seu cachorro a desenhar com canetinha enquanto ele planta uma bananeira na sua cabeça. Mas eles nunca testam se a gente sabe esse tipo de coisa, porque as pessoas que bolam esses testes não acham que isso é importante. Mas quem você gostaria mais de conhecer: alguém que sabe pular de um helicóptero sem torcer o pé?

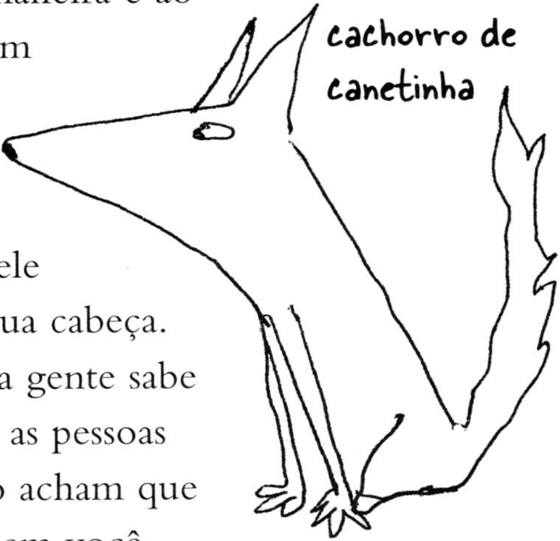

Ou alguém que sabe escrever direitinho a palavra "helicóptero"?

Eu gostaria de conhecer alguém que sabe tirar manchas de caneta de um tapete branco.

Enquanto eu não conhecer essa pessoa, a Betty me falou para botar uma cadeira em cima da mancha.

Espero que minha mãe não mexa nas cadeiras da sala até eu descobrir a solução.

Mas a verdade é que para fazer testes eu sou péssima, e outras pessoas, como a Graça Grapello, são ótimas numa situação assim. Pergunte a ela quanto é 3,3 dividido por 2,4 ❀ e ela vai ganhar um belo tique no caderno, e eu vou ganhar uma dor de cabeça.

Bom, é hoje que vamos ter o tal do teste, e está todo mundo bem quietinho na sala. Dá até para ouvir o relógio fazer *tique… taque*, bem devagarzinho. Mas é estranho: a cada minuto que eu olho no relógio já se passaram dez minutos, e o tempo já está acabando.

Outra coisa que dá para escutar é a respiração do Roberto, ou melhor Roberto Sem Alça. É assim que ele faz: senta atrás de mim e fica respirando alto. Me deixa maluca.

Eu viro para trás e digo, "Quer parar de respirar, por favor?".

E ele, "Clarice Bean, é claro que eu não posso parar de respirar. Se eu parar eu vou morrer, e por acaso você ia gostar?".

Resolvi não responder essa pergunta, porque minha mãe me ensinou que, quando a gente não consegue

❀ **3,3 ÷ 2,4** = 1,375

pensar em nada agradável para dizer, é melhor não dizer nada. Está vendo, tenho feito o maior esforço para ficar de boca fechada durante a aula. Zíper! Não falei nem uma palavra quando ouvi a Graça Grapello dizer para a Cíntia que eu tenho titica de galinha na cabeça, só porque escrevi ANSIOSA com C.
Mas a dona Clotilde não deu a mínima bronca nela.
E ainda falou assim: "Clarice Bean, sua ortografia deixa muito a desejar".
Enfim, acabou o tempo, entrego o meu teste e dona Clotilde diz,

"Ai, meu Deus, parece que uma aranha mergulhou na tinta e saiu andando pela página!"

Bem que eu gostaria que alguém mergulhasse ela na tinta.
Daí ela diz, "Tenho uma novidade muito interessante! Vou fazer uma maratona de ortografia com a escola inteira".

Essa história de maratona é só uma palavra difícil para dizer que é um teste. Só que em vez de correr, como na maratona de verdade, a gente tem de ficar em pé, na frente da escola inteira, e soletrar umas palavras bem alto, letra por letra, sem escrever. É interessante que para a dona Clotilde dar uma maratona de ortografia é a coisa mais divertida do mundo, e para mim é um ótimo motivo para dizer à dona Marta, a secretária da escola, que fui picada por uma abelha, e que sou ab-so-lu-ta-men-te alérgica, e que preciso ir pra casa tomar meu remédio imediatamente, e que nem dá tempo de chamar minha mãe. Mas o que eu tenho pensado é: quem será essa pessoa que decide o que é importante e o que não é? Bem que eu gostaria que fosse eu.

No recreio, o Carlinhos está jogando bexigas de água no Tobias. Uma delas bate em cheio na Graça Grapello sem querer, e ela sai correndo pra dedar o Carlinhos. Ela ficou uma fera porque eles molharam

a capa de chuva dela, apesar de capa de chuva servir para isso mesmo.
Mas você percebe – essa é a Graça Grapello.
Eu não me dou nada bem com ela – é um tipinho sabe-tudo, muito mesquinha, e o que ela mais gosta na vida é dedar os outros.
Estou fazendo o máximo esforço para não trombar com ela, porque não quero criar problemas com a dona Clotilde, e o problema é que dona Clotilde sempre acredita na Graça, e não em mim.
Mas antes de ir embora vou pegar meu casaco e o Carlinhos também está pegando o dele, e começa a me contar uma piada, do porco que ia atravessar a rua, e antes de contar o fim, que é a graça da piada, dona Clotilde vai passando e diz, "Vamos, vamos, vocês dois tratem de ir embora logo, antes de aprontarem alguma coisa".
Está vendo, o Carlinhos leva bronca até quando está se comportando bem.
É uma das consequências do mau comportamento.
Eu digo, "Poxa, dona Clotilde, a gente só estava pegando nossos casacos".
E ela, "Não me responda, ouviu, mocinha?".

E eu digo, “Tá, desculpe por ter nascido”, mas falo bem baixinho.

* * *

Volto para casa deprimida e até o Edu, meu irmão mais velho, pergunta, “Ei, qual é o problema?”. É estranho, porque ele nunca nota que alguém está deprimido. Vive ocupado demais com a própria depressão.
Pergunto à minha mãe por que o Edu está tão bem-humorado e ela diz, “É que ele arranjou um trabalho de fim de semana, lá no Tudo Verde”.
Tudo Verde é uma loja vegetariana. Como o Edu é vegetariano, fica feliz de passar o dia rodeado de verduras.
A única coisa capaz de me deixar de bom humor é que hoje tem Ruby Redfort na TV. Eu sou ab-so-lu-ta-men-te maluca pelos livros da Ruby Redfort, como talvez você já saiba, mas infelizmente continuo esperando que a Patrícia F. Maplin Stacey escreva um novo livro, pois já li todos os outros pelo menos três vezes cada um.

Mas a grande sorte – e isso acho que você não sabe – é que os livros foram adaptados para TV, e agora passam duas vezes por semana.
Tem um montão de episódios, um montão mesmo.
Mas não é novidade essa série de TV. A mamãe disse que já passava quando ela era mocinha, e que os episódios foram feitos há muitos anos. É por isso que as roupas são meio fora de moda.
Eles estão passando a série de novo porque agora a Patrícia F. Maplin Stacey começou a escrever novos livros, e tenho certeza de que vão fazer tanto sucesso como os outros.
Eu não sabia disso tudo, mas a Betty procurou no site da Ruby Redfort e me contou.
Parece que os novos livros vão ser muito diferentes dos velhos – tipo assim mais modernos.
A Betty disse, "Você sabia que ela começou a escrever esses livros há muitos e muitos anos? Desde 1972". Puxa! Nessa época a maioria das pessoas nem tinha nascido.
O mais bacana é que eles também vão transformar a Ruby Redfort num filme.

Um filme de

A Ruby agora está com treze anos e tem um mordomo chamado Hitch, que só anda de terno e gravata e sabe de tudo sobre as atividades dela como agente secreta. Ele é simpático e bonitão, e até minha mãe tem uma quedinha por ele.

Ruby tem um grande amigo chamado Clancy Crew, um garoto engraçado e muito inteligente. Os dois vivem andando de bicicleta juntos, para cima e para baixo.

Eu e a Betty sabemos todas as expressões que a Ruby usa – tipo assim, "Dá um tempo, figurinha!", ou "Cara, chama a polícia! Roubaram o seu cérebro!".

Quem conhece a Ruby Redfort acha incrível a ideia de filmar as histórias, porque o pessoal de Hollywood vai ter que inventar todas aquelas maquinetas e engenhocas que ela usa. Não sei como eles vão fazer! Como arranjar um relógio que também é *walkie-talkie*?

E os patins dela, que sabem para onde ir? Basta dizer para eles, "Siga aquele carro!".
E o helicóptero roxo, que é maior do lado de dentro do que do lado de fora?
A Ruby do filme vai ser diferente da Ruby da TV, porque nessas alturas a atriz da TV já deve ter uns 40 anos de idade, ou mais. Ela se chama Judy O'Neal e é bárbara, apesar de que é loira, e nos livros a Ruby tem cabelo castanho.
Aposto que a Judy O'Neal nunca precisou se preocupar com nenhuma maratona de ortografia.

Estou deitada na cama pensando em tudo isso, e olhando o pôster que meu pai me deu. Tem uma foto de um rinoceronte e está escrito RINOCERONTE. Todas as noites fico olhando fixo para esse pôster, e só agora me ocorre como é estranho esse bicho. Parece uma mistura de hipopótamo com unicórnio e um cabide.
Pego no sono e sonho que um rinoceronte ataca a nossa escola e engole a dona Clotilde inteirinha. Daí

ele vira nosso professor, e acaba dando uma ótima aula de matemática.

É incrível como a gente pensa cada coisa quando nem está pensando em nada.

De onde vem o talento natural, e por que algumas pessoas têm mais do que outras?

Acordo ainda pensando na Ruby Redfort que virou filme, e como esse filme vai ser legal. E em como eu gostaria de ser atriz, porque se eu trabalhasse no cinema poderia faltar na maratona de ortografia. Estou tendo mil devaneios sobre isso, imaginando que quando fizermos a nossa peça teatral na escola, que vai ser logo mais, quem sabe alguém repara em mim, um desses caçadores de talentos. Sabe, todos os anos a minha escola monta uma peça de teatro. É uma ocasião muito importante e todo mundo vem assistir, ab-so-lu-ta-men-te todo mundo.

Este ano quem vai fazer a peça é a minha classe, então é uma ótima ocasião para ser notada.

Eu acho que sou boa atriz, gosto de representar e poderia muito bem trabalhar no cinema, apesar de que eu também gostaria muito de ter uma loja de doces.

Vou pensando nisso no caminho inteiro até a escola, mas chegando lá minhas fantasias e devaneios desaparecem, e lá vem paulada. A dona Clotilde diz, "Já tenho a data para a maratona de ortografia – será na última terça-feira do semestre. Quer dizer, só temos mais algumas semanas até o grande dia! Então vamos afiar bem o nosso vocabulário e aprender ortografia! Todos vocês têm que ter um dicionário em casa – quem não tem pode pegar emprestado da biblioteca. Quero que cada um de vocês estude bem o dicionário e aprenda o máximo possível de palavras. Concentrem-se na ortografia".

Ela ficou maluca? Deve haver pelo menos um trilhão de palavras no dicionário, e a chance de cair para mim justamente uma palavra que eu aprendi é minúscula, microscópica, do tamanho de um micróbio.

Quando o sinal toca a dona Clotilde diz, "Lembrem-se! Faltam só algumas semanas para o grande dia!".

Ela fala como se fosse uma coisa ótima, e que todo mundo deveria estar animadíssimo com a tal da maratona, mas eu já estou com enjoo no estômago, e a Betty me manda aquele olhar tipo "E aí, o que a gente vai fazer?". E eu faço aquela cara de "Sei lá!". A Betty Morais é ab-so-lu-ta-men-te a minha melhor amiga, e sabe que eu não sou lá grandes coisas para escrever as palavras direitinho. Não é minha culpa se eu não consigo guardar que AZARADA é com **Z**!

Depois da aula, os pais da Betty vêm buscá-la. Eles vão levá-la para comprar óculos, porque o cachorro deles, o Ralf, mastigou os dela. Daí nós duas falamos para eles sobre a maratona. A mãe da Betty, a Pode--Me-Chamar-de-Cecília, falou que não gosta nem um pouco desse tipo de competição. Ela disse, "Olha, é simples. Algumas pessoas têm a cabeça boa para decorar como se escreve cada palavra, e outras não têm. O cérebro delas

m i s t u r a

tanto as letras, que nem parece mais que são palavras".

E disse também, "Clarice, eu no seu lugar não ficaria tão preocupada. Afinal, a ortografia não é a coisa mais importante do mundo. Longe disso".
E a Cecília é escritora, então ela deve saber.
Daí o pai da Betty, o Pode-Me-Chamar-de-Marcos, diz, "Pois é, antigamente as pessoas escreviam cada palavra de muitas maneiras diferentes. Escrever tudo certinho não era tão importante como hoje".
E eu digo, "Que pena que hoje não é antigamente!".
E a Cecília e o Marcos dão risada, mas eu não falei brincando.
Dou tchau para eles e vou para casa. No caminho vou pensando: já que a ortografia não é o meu talento natural, então por que eu não tenho talento para outra coisa?
É que existe uma coisa chamada "talento natural", que todo mundo tem. Mesmo que seja um talento para tirar a tampa dos vidros de conserva, que é a especialidade do meu tio Ted. Mas esse não é o único: ele também tem talento para se orientar. A cabeça dele simplesmente sabe em qual direção deve ir.

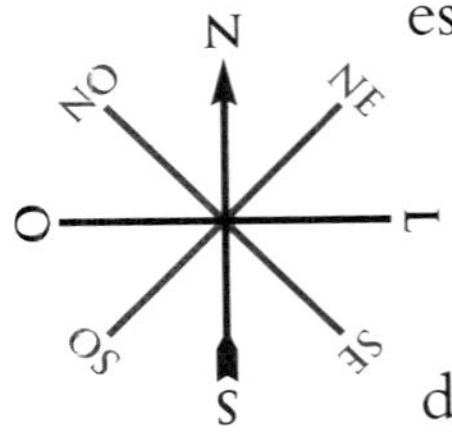

O que é ótimo, porque o tio Ted é bombeiro, e os bombeiros precisam saber para onde ir quando saem naquela correria desabalada com seu caminhão vermelho.
O talento natural do Carlinhos é treinar cachorros. Ele tem o maior jeito para isso.
Talvez tenha aprendido com a mãe dele, que é profissional. O trabalho dela é treinar cachorros, e também levar cachorros para passear. O Carlinhos diz assim, "Você tem que falar com o cachorro como se você também fosse um cachorro. Muita gente não concorda, mas para mim funciona. Se você tratar a cachorrada como se eles fossem um bando de lobos, e você fosse o lobo principal, o chefão de todos os lobos, daí todos os cachorros vão olhar para você com a maior admiração". E ele explicou que consegue fazer isso

UIVANDO.

Carlinhos comentou, "O mais importante é treinar o cachorro para ter boas maneiras. Mas a gente tem que ter cuidado para não ser severo demais e acabar com a dignidade dele. Se você fizer isso, não tem graça nenhuma ter cachorro".

É a mesma coisa com as pessoas. A gente quer que elas tenham educação, mas, ao mesmo tempo, que não sejam malas.

O Roberto Sem Alça é um exemplo perfeito dessa chatice. Aliás ele nem tem boas maneiras – a não ser que você ache que é sinal de boa educação enfiar o dedo no nariz conversando com os outros.

Lá em casa nós temos um cachorro meio mal-educado. Para falar a verdade, ele não tem um pingo de boas maneiras, e aprendeu isso com o vovô.

O vovô até que tem boas maneiras, só que não usa muito, e também nunca mostrou para o cachorro, e é por isso que o Cimento não tem a menor educação.

Vou levá-lo para o Carlinhos treinar, porque a mamãe disse que as coisas têm que mudar aqui em casa, e bem que a gente podia começar pelo cachorro.

Estou pensando nisso quando passo pelo Tudo Verde, a loja onde o Edu está trabalhando. Na frente da loja tem vários caixotes de verduras, cada um com sua plaquinha:

ALFACE CENOURA CEBOLA

Por que será que ALFACE é com **L** e AULA é com **U**?
E por que será que a CENOURA tem um **U** no meio, que a gente nem fala? CEBOLA é quase igual e não tem **U** nenhum no meio. Essas coisas ninguém explica.

O Tudo Verde só vende coisas vegetarianas e orgânicas, quer dizer, sem produtos químicos. Mas não tenho bem certeza do que quer dizer exatamente "orgânico". Quem vai saber? Na verdade eles deviam chamar de "já vem com bichinhos", ou algo assim, para a gente saber o que vem pela frente. Você compra um pé de alface e – surpresa! – encontra uma lagarta passeando pelas folhas. Mas aí que está a graça da loja.

A mamãe diz, "Não tem nada demais comer uma lagarta".
E eu digo, "Tem sim, para quem é vegetariano".
Bom, mas estou passando pela loja quando vejo um aviso colado na vitrine. Diz assim,

Expresse seu eu interior com o teatro.
Faça uma oficina de teatro, dança
e voz para crianças.

Mais informações:
Czarina: 27564 2667.

Por sorte, tenho comigo minha caneta de agente secreta da Ruby Redfort, e escrevo depressa o número no meu braço. Fica invisível, e a gente só enxerga se esfregar bastante.

Chegando em casa falo com a mamãe sobre o negócio de teatro e dança. Pergunto se posso entrar, e ela responde, "Qualquer coisa que tire você de casa e faça você passar menos tempo brigando com seu irmão para mim esta ótimo". É o meu irmão mais novo, Miguel, o Grilo Falante, que é bem pior do que uma lagarta andando na alface.

Eu quero mesmo entrar nessa oficina, quero muito, o mais rápido possível, e assim que acabo de comer meu macarrão ligo para a Betty e pergunto, "Você quer que eu dê o seu nome também para o negócio do teatro?".

E a Betty diz, "Claro".

Ligo para o número da tal Czarina mas quem responde é uma mensagem de secretária eletrônica. No fundo tem uma espécie de música que não é bem música, parece água pingando de um cano. A mensagem gravada tem um sotaque estranho e diz:

*"**Nunca** perca de vista os seus **sonhos**.*
***Mãos à obra**, faça dos sonhos realidade!*
*Para informações sobre a oficina de teatro, deixe seu nome e telefone depois do sinal. **E lembre-se:***
*Tenha um dia **interessantíssimo!**".*

Deixo meu recado, e espero me lembrar de ter um dia interessantíssimo. Daí fico pensando, será que o teatro é o meu talento natural?

Dá na mesma a gente se comportar mal o tempo todo

Três coisas legais aconteceram hoje.

A primeira é que recebi um pacote dos Estados Unidos. Quem mandou foi minha avó. Às vezes ela manda umas coisas para nós assim de repente, quando vê alguma coisa que acha que nós vamos gostar. Não precisa ser aniversário de ninguém, nada de especial. Dentro veio um bilhete dizendo: "Achei que você ia adorar". E quando eu abro o pacote fico ab-so-lu-ta--men-te babando.

Era um caderno da Ruby Redfort, com fecho e cadeado. Ninguém pode ler o que a gente escreveu se não tiver a chave. Mas a gente usa essa chave num colar especial ultrassecreto, assim nenhum xereta vai encontrar. E aliás os xeretas nem sabem que existe o caderno secreto da Ruby Redfort, porque a capa não tem o nome dela. Tem apenas uma mosca, que desaparece quando a gente inclina o caderno.

É típico da Ruby Redfort – nunca chamar a atenção para as ideias secretas.

Dentro do caderno vêm todas as Regras da Ruby Redfort e muita coisa útil – tipo assim como sobreviver numa emergência.

Ou o que fazer se você for seguido por um diabólico vilão.

Ou como fingir que você está dormindo de uma maneira realista.

O caderno dá todas essas dicas e conselhos espertos.

Por exemplo, olha esta regra da Ruby Redfort: **"NUNCA ABORREÇA UMA PESSOA SE VOCÊ QUISER ALGUMA COISA DELA".** Parece simples, mas é incrível quantas vezes a gente se esquece dessa regra.

Resolvi usar meu caderno da Ruby Redfort para escrever as coisas suspeitas que eu vejo por aí, e também as coisas interessantes que eu escuto por acaso.

Nem a Betty tem um caderno desses.

Quando eu chego na escola ela diz, "Uau, Clarice, você é uma sortuda!".

A segunda coisa boa de hoje é que a Betty me deu um bóton de plástico, que ela fez sozinha na máquina de fazer bótons.
Tem duas letras vermelhas: **CB**, iniciais de Clarice Bean, claro. O bóton da Betty tem **BP**, que significa Betty **P**.
P. é o segundo nome da Betty – mas é apenas uma letra, não é nome nem sobrenome.
Ela mesma que inventou.
Você já deve ter sacado de onde ela tirou essa ideia dos bótons – da Ruby Redfort. Ela usa um bóton com as iniciais **RR**, e o amigo dela, Clancy, usa um com **CC**.
Hitch não usa porque só anda de terno e gravata, e um bóton colorido não combinaria nem um pouco.

A terceira coisa boa que aconteceu é...
Tem um professor novo na nossa escola.
Ele é da ilha de Trinidad, que fica no Caribe, e veio num intercâmbio de professores.
Nós mandamos para *eles* o professor Frederico.

E para que serve o intercâmbio? É para a pessoa aprender que tal é fazer tudo que ela faz normalmente, só que em outro país.
Minha irmã mais velha, Márcia, também está fazendo intercâmbio na França.
O que ela está aprendendo é falar francês.
E o que *eu* estou aprendendo é que a gente tem muito mais chance de entrar no banheiro quando a irmã mais velha da gente está na França.
Bem, o fato é que esse que chegou pelo intercâmbio se chama professor... professor alguma coisa, ainda não sei bem. Ele só anda de tênis. Na escola está o maior zum-zum-zum – dizem que
ele vai nos dar aulas por algumas semanas.
Eu e a Betty o encontramos no corredor e dissemos, "Ei, professor, que camiseta legal!", porque ela tem a estampa de um cachorro nadando.
Daí eu falei, "É superultralegalzérrima!".
E ele respondeu de um jeito muito engraçado, "Valeu, **CB** e **BP**!".
Daí nós perguntamos, "Como é o nome do senhor?".
E ele, "**FW**, mas vocês podem me chamar de professor Washington".

Já deu para ver que ele é um barato.
Ele fala com um sotaque diferente, porque é de Trinidad. É lá que morava minha tia Margarida, antes de conhecer o irmão da mamãe, o tio Alberto, e ter os meus primos, Noé e Yolla. Agora eles todos moram bem ali na esquina.
Além disso o jogador de críquete favorito do meu avô é de Trinidad.
Espero que a gente também tenha aula com o prof. Washington.
Ele parece muito legal.
Copiei o desenho da camiseta dele no meu caderno da Ruby, porque é o tipo da coisa que me interessa.

Fica frio

❋ ❋ ❋

Depois do almoço a dona Clotilde diz, "Dona Geraldina e eu vamos fazer os testes para a peça da escola. Vai ser durante o intervalo do lanche. Quem quiser ter um papel apareça. Eu não vou contar ainda qual vai ser a peça, porque não queremos exibicionismos".

Estou animadíssima. Só espero que desta vez eu fique com um papel legal.
No ano passado, fiz papel de cenoura.
Eu tinha duas frases para falar.
Uma delas era: "Eu sou uma cenourinha".
Não tenho nenhum interesse em fazer papel de cenoura falante.
Não é realista.
Tudo bem que as pessoas usem a imaginação para mostrar alguma coisa diferente, estranha, mas um vegetal falante não tem o menor interesse. Quem vai querer saber o que uma cenoura diria, se ela pudesse falar?
Ora, ninguém, porque a cenoura passou a vida inteira só debaixo da terra, no escuro, crescendo até virar cenoura.
Daí foi colhida, de modo que não tem nada para dizer. Ela não teve uma vida interessante, nem de longe.
Nem que já tenha encontrado uma minhoca.
Mas eu e a Betty estamos superansiosas para saber qual vai ser a peça. Só esperamos que não seja uma daquelas peças escritas pela própria dona Clotilde. Ela

adora balé e para ela tudo tem que terminar com todo mundo dançando no palco – até quem faz papel de vespa ou de um pedaço de queijo. O teste para a peça acaba sendo uma idiotice. Temos que fingir que somos árvores na floresta, ou dar pulinhos como esquilos, e outras coisas que não têm nada a ver com arte dramática, na minha opinião. Estou por ali tratando da minha vida, tentando ser um esquilinho cretino, e ainda levo bronca da dona Clotilde, sem motivo nenhum, absolutamente nenhum. Isso é o fim! Não tem a mínima graça. Quando volto da escola para casa, o Miguel entra correndo na cozinha, dá uma trombada na mesa e derruba um copo de água, e a mamãe diz, "Por favor, será que vocês dois podiam ir correr no jardim até se acalmarem um pouco?". E eu, "Bom, eu estou calmíssima!". E a mamãe, "Tive um dia longo e cansativo e não estou com a menor paciência para essas bobagens de vocês".

Está vendo? Dá na mesma se comportar bem ou mal. De qualquer jeito a gente só arranja encrenca.

Às vezes o dia começa mal, mas acaba muito bem

Hoje o Carlinhos escreveu uma coisa no quadro de avisos da escola que não foi muito boa ideia. Mas prova que ele sabe escrever direitinho. Só que se uma pessoa resolve escrever

Dona Clotilde tem quatro patas

é melhor não escrever enquanto a professora está andando pelo corredor. Ele disse que não foi ele. O que também não foi uma boa ideia, pois ela falou, "Muito bem, Carlos Zucchini, você deve achar que eu sou cega, ou então muito burra".

E o Carlinhos respondeu, "Bom, cega a senhora não é". Daí a dona Clotilde falou que vai pensar num bom castigo para ele no fim de semana, porque já esgotou todos os que tinha para dar.

❋ ❋ ❋

Como eu estou superultraanimadésima para participar da peça e quero muito o papel principal, resolvi ficar numa boa com a dona Clotilde e não me meter em encrenca nenhuma.

Como diria a Ruby Redfort: **"SEJA DISCRETO, NÃO CHAME A ATENÇÃO. TRATE DE SE MISTURAR COM TODO MUNDO E FAZER O MESMO QUE OS OUTROS ESTÃO FAZENDO".**

É uma das Regras da Ruby Redfort.

Assim, dou uma olhada pela sala para ver o que os outros *estão* fazendo. O Roberto Sem Alça enfiou um lápis no nariz e deixou ali mesmo, pendurado.

Resolvo não me misturar com ele.

Acho melhor copiar a Graça Grapello, já que ela é uma das queridinhas da dona Clotilde.

Mas descubro que é muito difícil imitar aquele sorrisinho convencido dela, de dona certinha sabe-tudo. Daí resolvo inventar uma cara especial, própria para me misturar com todo mundo.

Então aqui estou eu sentadinha, mostrando no rosto que estou bem concentrada. Faço isso franzindo um pouco as sobrancelhas – assim ela pode ver, qualquer um pode ver, que estou escutando a professora falar, e estou até aprendendo, apesar de que o que ela está falando não tem o menor interesse.

Mas parece que não dá muito certo – depois de mais ou menos quatro minutos eu escuto aquela voz de ganso: "Dona Clarice Bean, eu sei o que a senhora está pensando! Percebo pela expressão do seu rosto que a senhora está tramando alguma coisa – e não é nada de bom".

Me dá vontade de responder, "Nem eu mesma sei o que estou pensando, porque entrei em transe de tanto tédio, e na verdade, para sua informação, eu não estava pensando em nada". Mas se eu falasse isso ela ia dizer, "Está vendo, eu sabia! Desperdiçando o tempo! Olhando para o espaço, com a mente vazia! Bem, você precisa preencher esse cérebro vazio com alguma coisa de útil: copie a tabuada do oito".

Então digo, "Mas, dona Clotilde, estou achando a sua aula superhiperinteressantésima! É que estou me concentrando, de tão fascinante que é tudo isso que a senhora está dizendo".

E a dona Clotilde,

"Para começar, acho muito difícil de acreditar nisso.

E em segundo lugar fique sabendo que não existe essa palavra

superhiperinteressantésima.

Você está inventando essa palavra, e não se pode sair por aí

inventando palavras, ouviu bem?

O que ia ser do mundo se cada um começasse a inventar suas próprias palavras???".

Está vendo? É impossível ganhar dela. O negócio é ficar ali sentada quieta, sem abrir a boca nem para dar um pio.

Minha mãe está tentando me treinar para não responder nessas situações. Ela diz assim, "Se você não der respostas malcriadas, a longo prazo isso vai te economizar muito tempo". Então eu sinto a tentação de dizer alguma coisa mas não digo, porque eu quero, quero muito mesmo, o papel principal na peça.

Por isso, zíper na boca.

A Ruby Redfort tem uma boa técnica para ficar de bico fechado: ela enfia na boca dois doces daqueles bem duros, tipo quebra-queixo. Mas na nossa escola existe uma regra: não se pode comer nada durante a aula, então não posso usar essa ideia brilhante.

Aliás, se você quer saber, a única pessoa que pode dizer o que eu estou pensando é a minha mãe. Essa, sim, é especialista nisso. Ela explicou que já tem muita experiência, depois de ser mãe quase a metade da vida dela. Ela fala assim, "Ler os pensamentos dos outros é uma coisa que uma mãe sabe fazer muito bem". Ela diz que nunca levou muito jeito para passar roupa, mas para saber o que os outros estão pensando – nisso ela é boa mesmo.

✳ ✳ ✳

À tarde a dona Clotilde avisa qual vai ser a peça da escola. A surpresa é que nós vamos fazer

– um filme que o Carlinhos disse que é "ridículo". Ele falou que não vai participar nem amarrado, e eu concordo, mas secretamente pouco me importa que

a peça seja ridícula. Estou desesperada para participar. Você já deve ter visto esse filme, porque sempre passa na época de Natal. Meu avô adora, mas meu pai sempre se oferece para lavar a louça logo que o filme começa. Ele já disse que preferiria ficar trancado com um cachorro bravo num quarto escuro durante três horas do que ser obrigado a assistir **A NOVIÇA REBELDE**.
A Betty disse que gostaria de fazer o papel principal, da Julie Andrews, que na história se chama Maria. Essa Maria é uma freira que tem uma boa voz e vira babá, e acaba se casando com o Capitão Von Trapp, que é pai de um bando de crianças, tipo assim umas sete. As crianças acabam usando umas roupas feitas de cortina, e também terminam cantando, aliás muito bem. Eu gostaria de ser a filha mais velha do Capitão Von Trapp, a Liesl. Essa Liesl tem um namorado que vira nazista, mas no começo ele é carteiro.
Eu e a Betty às vezes fazemos aquela cena famosa do filme quando vamos brincar no parque – descemos a colina correndo, as duas de avental.
Mas não digo nada disso ao Carlinhos.

O que me deixa de bom humor depois desse dia sinistro na escola é que eu e a Betty temos nossa primeira aula de teatro, dança e voz.
Vamos caminhando juntas para o estúdio de teatro – é no mesmo lugar onde minha mãe faz aulas de ioga, e tem cheiro daquelas varetinhas que eles acendem quando todo mundo fica de meias para disfarçar o cheiro de chulé.
Tentamos convencer o Carlinhos para vir também, mas ele não quer. Falou que prefere passear com o cachorro dele do que ficar fingindo ser uma coisa que ele não é. Mas é pena, porque no fim a aula foi excelente, muito interessante mesmo.
A professora, Czarina, é formada numa escola de teatro de verdade, e é lindérrima, uma gata, com um brinco de verdade no nariz. Ela usa um desses conjuntos tipo pijama, de calça larga, e umas sapatilhas como essas de balé, mas um pouco diferentes.
São sapatilhas com lantejoulas.
E ela adora andar na ponta dos pés.
A família dela veio da França, mas o nome dela veio da Rússia,

C. Z. A. R. I. N. A.

que a gente tem que pronunciar Za-rina. O C não se fala, então não sei pra que serve esse C, só para dar trabalho de escrever – mas você está vendo, é assim a tal da ortografia.

Bem, eu e a Betty achamos que Czarina é um nome muito charmoso, mesmo com esse C inútil, e nós duas gostaríamos de ter esse nome, "Czarina".

A Czarina tem um sotaque estrangeiro e chama todo mundo de "***meus amorrzinhos***", o tempo todo, seja lá quem for. E ela diz que o teatro é uma atividade que envolve trabalho físico – mas acho que é muito diferente dos "trabalhos manuais" que eu faço na escola, tipo assim recortar uns pedaços de feltro e colar com uma cola fedida, com cheiro de peixe.

Ela manda todo mundo fazer uns exercícios especiais, e explicou que todo ator tem que fazer esse treinamento. Temos que fazer exercícios especiais de respiração, de alongamento, e falar umas rimas e trava-línguas muito difíceis, que ela quer que a gente repita bem depressa, um monte de vezes seguidas.

A Czarina diz,

"Meus amorrzinhos, vocês prrecisam crriarr uma conexão com o público, prrecisam atrrairr o público, fazerr o público

amarr vocês, fazer o público odiarr vocês.
Usem a voz, o corpo, toda a sua energia. Vocês prrecisam cativarr as pessoas, non deixarr elas escaparrem!".

Também temos que aprender a ficar em pé bem retinhos, e respirar bem fundo, com uma respiração que vem lá dos tornozelos e vai subindo pelo corpo todo. A Czarina diz,

"Encha o seu corpo inteirro de oxigênio,
sinta o arr nas suas perrnas, na barriga, nos dedos.
Agorra, atrravessem a sala flutuando –
vocês estão flutuando, amorrzinhos?".

É tão interessante! Eu achava que não sabia flutuar, mas com ela falando desse jeito até sinto que consigo. E a Czarina diz,

"Vocês são todos fabulosos,
meus amorrzinhos! Flutuantemente fabulosos!".

É incrível descobrir que eu sou boa numa coisa – uma coisa que eu nunca achei que eu soubesse fazer bem. A Czarina diz,

"Sim, é extraordinário como o talento
aparrece de repente,
quando a gente menos esperra".

Uau! Então a Czarina acha que eu tenho talento!

5

Às vezes a gente acha que conhece as pessoas e depois percebe que não conhece

No sábado a Betty veio em casa, e a mamãe pediu para nós irmos até a loja vegetariana comprar tofu, que é um negócio que parece queijo branco, mas não tem gosto de nada.

Chegando na loja vimos uma porção de garotas, cada uma tentando ser atendida pelo Edu, e nós duas tivemos que abanar os braços feito umas malucas para ele reparar na gente.

tudo VERDE

O Edu está começando a ficar um gato – ou pelo menos é o que a mamãe diz. Até que ela tem razão – ele está bem mais bonito. Não tem mais tantas manchas e espinhas no rosto, e o cabelo parece que tomou jeito.

Na loja o Edu usa uma camiseta que diz "Tudo Verde".

Até que ele é bom neste serviço – parece que sabe o que está fazendo.
Eu também estou louca para ter um emprego. Seria legal trabalhar nessa loja de verduras orgânicas, porque eu gosto de colocar as coisas dentro de um saco de papel marrom e torcer bem o saco. E é mais ou menos só isso que a gente tem que fazer.
Na loja as garotas estão dando risadinhas e dizendo, "Ah, Edu, você é tão engraçado!".
E até que o Edu *é* engraçado, mas não *tão* engraçado assim.
Eu sou um pouquinho mais engraçada que ele, e ninguém está dando risada das minhas piadas, nem mesmo a Betty.
Quem também está lá é o Valdo Prado, o dono da loja. Eu e a Betty achamos que ele tem nome de artista de novela.
Ele é um cara bastante engraçado, mas muita gente não pesca nada das piadas dele, porque ele fala com a cara mais séria do mundo. Em geral as pessoas só acham ele meio estranho.
Daí chega uma freguesa – uma que vive lá no Tudo Verde, e só usa sandália de dedo, mesmo no inverno.

Daí o Valdo diz, "Oi, Flora, como vai você?".
E ela, "Tudo bem, só que estou voltando a ter espinhas".
E o Valdo, "Vai ver que você comeu muito peixe".
Entendeu a piada?
Já que é impossível fazer meu irmão atender a gente, vou falar com o Valdo e peço um pão preto, daquele bem pesado e cheio de sementes. Minha mãe adora, mas eu e o vovô achamos muito difícil de mastigar.
O truque é ir tomando muita água junto.
O Valdo diz, "Puxa, quantas meninas adolescentes! Estou me sentindo um velhinho. Aliás, eu sou a única mercadoria velha aqui nesta loja. Já passei do prazo de validade". É mesmo, nunca vi tantas meninas nesta loja, tipo assim de catorze a dezessete anos.
Só o Edu que parece que não está percebendo nada.
Mas é assim mesmo que ele é, desse jeitinho.
Ele é do signo de Peixes. Também se diz "pisciano", que parece "vegetariano", mas é como se chama essa personalidade típica de Peixes.
Tudo depende do mês que você nasceu. Se foi em fevereiro, você provavelmente é do signo de Peixes,

um tipo meio sonhador, difícil de se concentrar. Já li isso no horóscopo.

Peixes

A mamãe diz, "O Edu é um pisciano típico".

E é verdade.

Aliás, ele até parece um peixe – vive triste, com aquele olho de peixe morto, sempre por aí à toa, sem falar nada, direitinho como um peixe.

Minha mãe vive lendo horóscopos, apesar de dizer que não acredita em nada disso.

Alguém na loja deixa cair um vidro de picles orgânicos, com um cheiro nada agradável, então eu e a Betty resolvemos dar o fora rápido, depois de comprar uns salgadinhos meio azuis e um suco muito esquisito, com um cheirinho tipo assim de sovaco.

Daí vamos comer sentadas no banco na calçada. A Betty conta que entrou de novo no site da Ruby Redfort e tem um monte de informações novas sobre o filme de Hollywood, e fotos de todos os atores que vão participar.

Além da própria Ruby Redfort, o papel mais importante é do Hitch.

Se você ainda não sabe, o Hitch é incrível. É ele que ajeita todas aquelas coisas tipo assim de agente secreto para a Ruby, e todo mundo pensa que ele é apenas um mordomo.
E aliás ele é mordomo mesmo – mas não só isso.
Ele leva o chá para a Ruby de manhã, mas também é ele quem vai salvá-la, pilotando aquele famoso helicóptero roxo.
A Betty diz, "Esse novo Hitch parece bastante com o velho" – quer dizer, com o cabelo muito bem penteado, meio grisalho. E as sobrancelhas são idênticas às do último Hitch.
É incrível quanta coisa a gente fica sabendo na internet.
Eu não costumo entrar muito na internet. Em casa o computador fica no quarto do Edu, porque não se pode confiar no Miguel – aliás, nem em mim.
Terminamos de comer nosso lanche e vamos ver como o vovô e o Cimento estão se saindo com o Carlinhos, na aula de boas maneiras. Lá estão eles no parque – estou vendo os três ali, embaixo de uma rampa.
Acho que vai ser chato assistir, porque não se pode falar nem interromper a aula. A gente imagina que

aula de boas maneiras é uma chateação, mas não foi nada disso.
O Carlinhos é ótimo para dar treinamento, e o vovô e o Cimento aprendem rápido. O Carlinhos está tentando ensinar o Cimento a NÃO pular em cima das pessoas nem latir que nem um maluco. E para o vovô a lição principal é NÃO incentivar o Cimento a fazer essas coisas.
Estou impressionada com o Carlinhos – ele está sendo um amor com o vovô. Mesmo quando o vovô faz alguma coisa errada, ele diz, "Não se preocupe, com o tempo o senhor vai pegando o jeito".
Acho que o Carlinhos tem personalidade para ser um bom professor. A gente percebe que os dois gostam dele.
Quando o Carlinhos vê a gente, logo começa a imitar a dona Clotilde andando de quatro patas – que até o vovô acha ultrahiperengraçadésimo, e olha que ele nunca viu as patas de rinoceronte da dona Clotilde.
Depois o Carlinhos vem na nossa casa tomar lanche. A mamãe fez uma experiência – hambúrguer de tofu, que tem um gosto meio estranho. Mas o Carlinhos

foi supereducado e disse que o hambúrguer era "interessante".
Ela pergunta, "Como vai sua mãe, Carlinhos? Como vai o negócio dela, de levar cachorros para passear?". E ele diz, "Tudo bem. Antes ela passeava com cinco cachorros ao mesmo tempo. Só que agora o seu Paulo teve que botar o cachorro dele para dormir, porque estava muito velho, então ficaram só quatro". E a mamãe diz, "Bem, mande lembranças para ela. Quem sabe vamos nos encontrar na peça da escola". E o Carlinhos, "É, quem sabe".
Depois do lanche, eu, a Betty e o Carlinhos conversamos sobre o novo filme da Ruby Redfort, que vai ser um arraso. Daí eu digo, "Como será que eles vão conseguir fazer a Ruby voar com aquelas asinhas de planador?". E o Carlinhos, "É fácil! Eles usam efeitos especiais, modelos em miniatura, um monte de computadores e tal".
O Carlinhos sabe tudo sobre essas coisas.
E a Betty diz, "Eles vão filmar uns pedaços aqui na cidade, sabia?".
A Betty assistiu um programa sobre estrelas de cinema, e o que acontece é que quando eles estão

filmando a equipe inteira mora
num *trailer*.
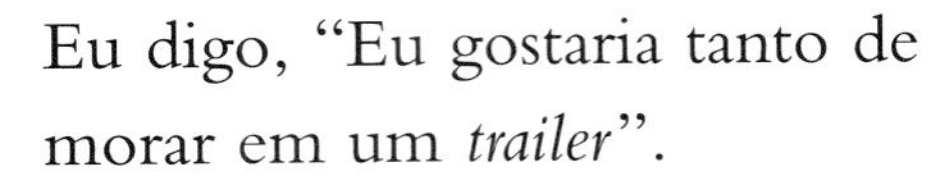
Eu digo, “Eu gostaria tanto de
morar em um *trailer*”.
E o Carlinhos diz, “Eu morava num *trailer* antes de mudar para esta rua. Antes do meu pai ir embora”.
E eu, “Puxa, eu não sabia. Que legal!”.
E o Carlinhos, “Não era nada legal. Tinha umas goteiras, chovia dentro”.
O pai do Carlinhos era motorista de caminhão, depois perdeu o emprego e ficou muito pra baixo. Daí um dia foi embora e nunca mais voltou, e ninguém sabe onde ele está. O Carlinhos vive esperando um telefonema dele, só que ele nunca telefona.
Tem muita coisa sobre o Carlinhos que eu não sei, e muita coisa que ele não quer contar. Mas quando ele conta alguma coisa sempre é interessante.
O Carlinhos é muito reservado. A gente pensa que conhece bem ele, mas depois vê que não conhece.

Depois que o Carlinhos e a Betty vão embora, pergunto para a mamãe, "Por que você acha que o pai do Carlinhos foi embora e nunca mais telefonou? Será que ele vai voltar?".
E a mamãe, "Às vezes a pessoa não aguenta a vida dela, e fica tão confusa com os problemas que não consegue enxergar uma saída".
E eu digo, "Mas por que a mãe do Carlinhos não procura o pai dele? Puxa, ele sente muita falta do pai. Por que ela não faz um esforço e procura por ele?".
E a mamãe diz, "Com certeza ela tem seus motivos. Talvez ela ache que ele não está em condições de ser pai neste momento. Isso não quer dizer que ele seja má pessoa. As coisas não são assim tão simples".
Eu gostaria que as coisas fossem mais simples, mas isso é uma coisa que eu estou aprendendo – às vezes é muito difícil a gente não afundar nos problemas.
Vou ligar a TV. Pego no meio de um episódio da Ruby Redfort chamado

QUEM SABE SABE.

É superlegal: a Ruby acabou de receber um convite, dentro de um envelope todo chique, para a festa do Martin Stanmore, um garoto milionário que mora num bairro chiquérrimo e vive dando festas de arromba.

Quando a Ruby está lendo o convite, o Clancy vem chegando de bicicleta.

Clancy diz, "Ei, você já soube da festa do Martin Stanmore? Todo mundo foi convidado. Não é estranho que só nós dois não recebemos o convite?".

A Ruby olha para o convite. Daí olha para o Clancy e entende tudo: ele é o único que não foi convidado. É uma pena que o Martin não goste do Clancy, que é um garoto muito legal. Mas a Ruby não quer que o Clancy saiba disso para não ficar chateado. Nesse momento o Clancy vê o convite na mão dela e pergunta, "O que é essa carta aí que você recebeu?".

E a Ruby pensa rápido como um raio e responde: "O quê, esse papel velho? É uma propaganda da pizzaria. Mas essas pizzas não estão com a cara nada boa. Eu é que não vou comprar!". E ela joga o convite na lata de lixo.

O episódio termina quando o Hitch leva a Ruby e o Clancy para dar uma volta no helicóptero roxo, em vez de ir na tal festa chique do Martin. E bem no final do episódio a Ruby diz para o Hitch,
"Sabe, às vezes, é melhor a pessoa não ficar sabendo de certas coisas – se é uma coisa que não vai ser legal ela saber".
Acho que eu sei o que ela quer dizer.

É duro ficar feliz pela sua melhor amiga quando você acaba de ter uma bruta decepção

Segunda-feira, de volta na escola. O Carlinhos está num daqueles dias esquisitos – parece que está fazendo tudo para levar uma bronca.
E hoje as macaquices dele nem têm graça nenhuma.
São só idiotices.
Ele está andando pela classe quebrando os lápis de todo mundo. ❀
Quando eu pergunto, "Mas por que isso?".
E ele responde apenas, "E por que não?", com aquela vozinha irritante que ele usa para fazer o Tobias dar risada.

❀ Às vezes, quando a pessoa está muito nervosa, ela alivia a tensão quebrando um lápis.

Só que mais ninguém acha engraçado.

É fácil fazer o Tobias dar risada. Basta a gente dizer "BUM!" ou, às vezes, nem isso. Eu nem me dou ao trabalho de falar com o Carlinhos quando ele está desse jeito.

Dona Clotilde vem chegando com aquele jeitinho dela, de quem está muito satisfeita consigo mesma. Daí ela diz,

"Quando todo mundo parar de falar e estiver em COMPLETO SILÊNCIO, vou dar um aviso".

É claro que ela não espera o tal completo silêncio – então para que dizer isso?

Daí ela fala, "Vou colocar na lousa uma lista das pessoas que vão atuar na peça da escola. Todos que quiserem participar vão ter algum papel – até mesmo o Carlos Zucchini. Sei que ele se acha muito superior para fazer **A NOVIÇA REBELDE**. Mas sinto muito, Carlos, para *você* é obrigatório".

Quer dizer, ele tem que participar, querendo ou não.

Participar da peça teatral é o castigo que ela inventou para ele, por ter escrito no quadro "Dona Clotilde tem quatro patas".

Olho a lista e descubro que eu não vou fazer o papel da Liesl von Trapp, mas sim o da freira número quatro. Estou superhiperdecepcionadésima. E não compreendo, porque a Czarina disse que eu tenho facilidade natural para me expressar pelo teatro.
A Czarina entende mesmo de teatro. E se ela diz que eu tenho talento natural para me expressar é porque eu tenho mesmo, com certeza.
Sendo assim, por que ganhei o papel de *uma das freiras*? Não quero fazer o papel de *uma* freira qualquer. Quero usar uma roupa bonita. E além disso só tive licença para cantar nos *backings*, quer dizer, no corinho do fundo, porque a dona Clotilde disse que eu não tenho boa voz. Segundo ela, minha voz é muito alta sem ser afinada. Quer dizer, não foi nenhum elogio que ela me fez.
Sempre pensei que eu cantava bem. Mas de qualquer forma uma pessoa com uma voz que parece um apito de navio, desses que tocam para avisar que tem nevoeiro, devia pensar melhor antes de dizer que os outros não são afinados.
É claro que é a Graça Grapello que vai fazer o papel de Liesl. Ela só ganhou o papel porque

1

todo mundo acha que ela é bonitinha e canta bem. Além disso, ela faz sapateado.
A Betty vai fazer o papel de Luísa, a segunda filha mais importante da família Von Trapp. Estou achando complicado ficar contente pela Betty *e* ao mesmo tempo dizer que estou contente, porque eu ia simplesmente adorar fazer o papel da Luísa, e quase não consigo falar nem uma palavra, porque estou, sinceramente, francamente, morrendo de inveja.
Mas a Betty diz, "O seu papel também é importante – você é uma das freiras que incentivam a Maria a sair do convento e cair no mundo. E é assim que ela fica conhecendo o Capitão Von Trapp e acaba se apaixonando por ele, casando com ele, escapando dos nazistas e tudo o mais".

E a Betty diz ainda, "Pensando bem, fazer o papel de 'uma das freiras' é a coisa mais importante da história. Já a Luísa é apenas uma das filhas, naquele monte de filhos da família Von Trapp. Se ela não existisse, ninguém ia nem perceber".

Quem vai fazer o papel de Maria é a Suzy Woo.

O Carlinhos nem se deu ao trabalho de olhar a lista. Ele diz, "O único papel que interessa é o do Capitão Von Trapp. Se eu for obrigado mesmo a participar dessa pecinha idiota, água com açúcar, só se for para fazer o papel do Capitão". O que ele quer é ficar dando ordens para todo mundo, que é o que faz o Capitão Von Trapp.

Mas a dona Clotilde diz, "O Carlinhos vai fazer o papel de Rolf, o namorado da Liesl".

E o Carlinhos, zangado, "Vou nada, esse é um papel bem besta! E também não vou beijar ninguém, já vou avisando".

O papel do Capitão Von Trapp vai ser do Roberto Sem Alça, o que naturalmente é uma escolha ridícula. Já estou vendo que essa peça não vai ser nada legal.

Volto da escola para casa sozinha, porque a Betty tem aula de trompete.
Ela disse que não está gostando de estudar trompete, porque está ficando com as bochechas esticadas.
Até agora nunca estudei nenhum instrumento, mas acho que logo vou começar. Quem sabe eu posso tocar bem? Se eu não tentar, nunca vou saber. Vai ver que é esse o meu talento natural, a música.
E, se eu não tentar, vou perder a minha chance de ser famosíssima e superconhecida. Uma pena!
A Betty acha que não vai ficar famosa como trompetista.
Bem, agora ficou ainda mais importante descobrir qual é o meu talento natural, já que no teatro estou sem chance. Não ser escolhida para fazer alguma coisa é um negócio muito ruim, que até deixa marcas numa criança – é o que diz a mãe da Betty.
Estou absolutamente coberta de marcas.

Chegando em casa vou ver um dos meus vídeos da Ruby Redfort. Quero descobrir o que a Ruby faria na minha situação – isto é, depois de ter uma bruta decepção.

É um episódio chamado

NÃO É TÃO MAU ASSIM, RUBY.

A história é que a Ruby fica doente e não pode participar da prova de natação da escola, e naturalmente é ela quem nada melhor e a equipe precisa muito dela, e se ela entrasse ganharia a medalha de ouro e seria ainda mais famosa do que já é, então é uma pena mesmo, um verdadeiro desastre. Mas sabe o que acontece? Como ela faltou à escola nesse dia, está em casa, e nem sequer envolvida com nenhuma missão secreta ou algo assim. Daí, por puro acaso, um famoso artista de cinema chamado Baker Irving passa pela porta da casa dela no seu carrão esporte, a cento e vinte por hora, e de repente o pneu fura e ele tem que bater na porta da Ruby para pedir ajuda, porque, em matéria de trocar pneus, ele é uma negação. E a única pessoa que está em casa é a Ruby, porque o Hitch, que também é chofer, foi levar os pais dela para um almoço chiquérrimo de uns amigos grã-finos.

E assim, naturalmente, a Ruby tem que ajudar o Baker a trocar o pneu, e o episódio termina com ele fazendo torradas para a Ruby na cozinha – o que é muito melhor do que ganhar uma medalha de ouro de natação.

É o tipo de final feliz que eles fazem em Hollywood e que nunca acontece na vida real.

E assim o que eu descubro é o seguinte:

Ruby Redfort nunca fica decepcionada.

Nada, nunca, jamais é uma decepção para Ruby Redfort.

Então, você está vendo, desta vez ela não pode me ajudar.

Certas coisas que parecem que vão ser chatíssimas não são tão chatas como a gente imagina

Hoje acordei achando que ia ser um dia chato como sempre, mas ainda antes do café da manhã alguém toca a campainha, e adivinhe quem é?
O tio Ted, claro. Ele fez plantão à noite no posto dos bombeiros e agora de manhã veio comer alguma coisinha na nossa casa.
Ele sempre aparece quando a gente menos espera.
É uma das coisas que eu mais gosto nele. E ainda tem o dom de aparecer quando a gente mais precisa de uma injeçãozinha de ânimo.
É um talento natural.
Não sei de que jeito ele sabe.
Mas ele sabe.
Ele vem entrando e diz, "Alô Clarice B.! Vou te

propor um negócio: você me dá uma xícara de café com leite e um biscoito de chocolate, e eu te dou carona para a escola na minha máquina envenenada". E eu falo, "Negócio fechado!".
Apesar de que leva menos de sete minutos para chegar até a escola andando depressa, e por sorte eu ando muito depressa. Só que eu adoro andar no carro do tio Ted.

É um carrinho bem pequenininho, todo amarelo.

O tio Ted tem dois metros de altura, pelo menos parece, e o carrinho dele é o menor do mundo. Mas quando eu vou buscar os biscoitos lembro que comi todos eles ontem à noite. Daí eu digo, "Desculpa, tio Ted, mas acho que aquele pestinha do Grilo Falante comeu tudo, não sobrou nenhum. Ele é um devorador de biscoitos de chocolate".

* * *

Quando chego na escola, descubro que lá o dia também não vai ser chato. Quando entramos na sala

de aula, quem está sentado atrás da mesa? O prof. Washington!
E ele diz, "Olá pessoal! Meu nome é Washington. Alguém sabe o que quer dizer Washington?".
E eu levanto a mão depressa, "Acho que é uma cidade do Canadá".
E antes que alguém diga "a" lá vem a metida da Graça Grapello: "Não, Washington é a capital dos Estados Unidos".
E a Betty levanta a mão e diz, "E Washington também é um estado dos Estados Unidos, e o nome de um presidente americano".
E o prof. Washington diz, "Certo, isso mesmo! Então, quem de vocês aqui tem um nome que também é nome de algum lugar, ou de alguma coisa?".
E eu digo, "Bom, meu sobrenome é Bean, que em inglês quer dizer *feijão*. E meu outro sobrenome é Tuesday, que significa *terça-feira*".
E a Betty diz, "O sobrenome da minha família é Morais e acho que tem a ver, pois meu avô sempre fala que é um homem de muita *moral*".
Meu primo Noé diz, "Minha mãe se chama Margarida – é o nome de uma flor. Ela nasceu em

Trinidad, eu já fui lá cinco vezes e é um lugar muito legal".
Daí o prof. Washington e o Noé conversam sobre Trinidad, e parece mesmo um lugar ótimo. Eu devo ir lá algum dia, visitar uns parentes.
E o prof. Washington diz que o primeiro nome dele é Felipe, que vem do grego e significa "aquele que é bondoso para os cavalos". E o Carlinhos Zucchini diz, "Meu nome é Carlos, que significa 'aquele que deixa a dona Clotilde maluca', e meu sobrenome é Zucchini, que significa 'aquele que vive sendo chamado na sala do diretor'".
E todo mundo dá risada.
Até o prof. Washington.

Quando saímos da escola o pai da Betty, o Pode--Me-Chamar-de-Marcos, está esperando no portão para levar a Betty para a aula de trompete. Ele pergunta, "Que tal a aula hoje?".
E eu digo, "Foi superultranãochata. Temos um novo professor, o prof. Washington".

E o Marcos diz, "Superultranãochata, que palavra interessante! Acho que eu mesmo vou começar a usar". E eu digo, "Obrigada, mas a dona Clotilde diz que eu não devo usar essa palavra, porque fui eu mesma que inventei, não é uma palavra de verdade, e a gente não pode sair por aí inventando palavras, assim sem mais nem menos, conforme dá na telha".
Mas o Marcos diz, "Que bobagem! O dicionário está sempre aumentando, isso é que é o mais maravilhoso. Todos os anos entram muitas palavras novas que são inventadas".
E isso me faz lembrar: esses dias não tenho estudado para a maratona de ortografia. Faltam poucas semanas, e o que eu não quero é ficar lá na frente, parada, como se estivesse chocando um ovo, sem ter a menor ideia do que dizer.

Assim, eu me despeço e zarpo para casa. Pego o dicionário grandão dos meus pais e vou para o meu quarto. Caramba, esse dicionário tem tantas palavras! Eu nunca vou usar todas elas na minha vida inteira.

Nem que eu viva até 90 anos, nem que eu viva até 95.
Nem sei por onde começar.
Daí abro na letra **Q**, porque é uma das que têm menos palavras, e não me dá tanto medo. Na verdade, logo encontro uma coisa interessante – descobri o que é **Quadriga** – *carro de duas rodas puxado por quatro cavalos*. Acho que já vi naqueles filmes sobre Roma antiga.
Quitute – *comida refinada*. Deve ser o que eles comem na casa da Ruby Redfort. Do tipo que minha mãe nunca faz.
Quebra-queixo – *doce muito duro*. Esse eu conheço.
Quinino – *remédio contra malária*. Acho que já vi isso num filme onde o avião caiu no meio da floresta.
Também encontrei algumas palavras menos úteis. E não sei o que elas querem dizer, mesmo lendo a explicação. Por exemplo,
Quântico – *referente ao quantum*.
Caramba! Quem será que entende isso?
Há outras palavras que eu acho que nunca vou precisar usar:
Quapoia – *árvore nativa das Guianas, de flores amarelas e frutos globosos*.

Estou estudando a letra Q já faz uma hora e quinze minutos. E percebi que já aprendi uma boa quantidade de palavras sem quebrar tanto a cabeça! O único problema é que estou mais interessada em saber o que as palavras significam do que em decorar o jeitinho certo de escrever cada uma.
Daí o papai entra no quarto e vem me chamar para jantar. Eu digo, "Papai, a questão é essa: devemos dizer hora da janta ou hora do jantar? Ou talvez hora do lanche, porque só vamos tomar um café com leite reforçado. Quanta pergunta, não?".
O papai disse que vai pensar.
Eu pergunto, "Papai, você já foi para Quebec?".
"Claro! Já viajei quilômetros e quilômetros".
"E você já viu um quati?"
"Só num quadro."
"Pai! Sabe como se chama quando nascem quatro criancinhas quase de uma vez?"
"O que que você está querendo dizer? Quatro bebês juntos?"
"Sim: são quadrigêmeos!"
"É isso mesmo!"
"Pai, sabe que tipo de revista eu mais gosto?"

"Ah, isso eu sei: quadrinhos!"
"Pai! Quantos anos você tem?"
"Para falar a verdade, já sou quarentão."
O Miguel entra na sala e diz, "Mããão! A Clarice está me amolando! E ontem ela comeu biscoito antes da janta, e você falou que não era para comer".
"Miguel! Seu quinta-coluna!" Quer dizer, *traidor*.
E a mamãe diz, "Vocês dois, quietos!" – e todo mundo fecha o zíper na boca.

No dia seguinte temos o ensaio da peça. Está difícil me concentrar, porque não tenho muito o que fazer. Minha cena é muito curta. Estou até com vontade de ir para casa.
Ainda tenho um monte de palavras com **Q** para aprender, e depois quero começar o **R**.
O Carlinhos fica fazendo caretas para me obrigar a dar risada. Estou vendo ele com o canto dos olhos, marchando para lá e para cá, imitando a dona Clotilde.
Também começo a imitar o Roberto Sem Alça, quando a dona Clotilde vem atrás da gente: "Clarice

e Carlos! Se vocês acham tanta graça um no outro, vão achar mais engraçado ainda ficar uma hora de castigo depois da aula".

Chega a vez do Carlinhos fazer o papel do Rolf, namorado da Liesl. Ele não está nada feliz.

A Graça tenta segurar a mão dele, porque faz parte do número de dança, mas cada vez que ela larga o Carlinhos limpa a mão na calça.

Dona Clotilde diz, "Carlos! Você precisa dar a mão para a Graça".

E ele, "Por quê?".

"Porque é assim que fazem os namorados."

E ele, "Como é que a senhora sabe?".

Por sorte a dona Clotilde não escuta, está muito ocupada levantando o banquinho do piano.

Daí ela diz, "Agora, Rolf, quero que você dê um beijo na mão da Liesl e faça ela girar".

E o Carlinhos: "O quê??? A senhora está brincando!".

E a dona Clotilde, "Nada disso, mocinho! Vamos lá, no ritmo! Um *beijo* na mão e uma *voltinha*".

Carlos está com uma expressão engraçada nos olhos. Até imagino que ele vai sair do ensaio, mas ele continua firme no palco.

Dona Clotilde ataca um acorde fortíssimo no piano. Carlinhos pega na mão da Graça e dá uma lambida. Graça dá um berro. Um berro altíssimo – acho que até fiquei meio surda de um ouvido, porque eu estava bem do lado dela.

E o Carlinhos, "Nem morto que eu vou beijar a mão de uma menina, ao vivo e a cores, bem aqui no palco na frente da escola inteira!".

Dona Clotilde está vermelha como uma beterraba. Aponta a porta e diz,

"Para a sala do diretor, JÁ!
Não se lambe a mão
de ninguém
em **A NOVIÇA REBELDE**!".

Volto para casa para estudar mais palavras. Resolvo pular o resto do Q e passar direto para o R. Naquela noite sonho que apareceu um rapaz ruivo de roupa roxa montado em um touro selvagem. Depois de ruminar – que é repetir a mastigação várias vezes –

o touro relinchou – que é uma coisa que
normalmente os cavalos fazem – e disse rindo,

"Responda rápido, qual é o reverso de:
RIR, O BREVE VERBO RIR".

Acordei pensando, puxa, é a mesma coisa ao contrário!
Ainda me confundo. Às vezes quero escrever roxa e
acaba saindo rocha. Mesmo assim ler o dicionário não
foi nada chato. Até aprendi umas palavras bem legais.
Aí é que está – às vezes a gente acha que uma coisa
vai ser chata, e acaba não sendo.

Depois que o Carlinhos lambeu a mão da Graça, o
seu Tomás, o diretor, tirou dele o papel de namorado
da Graça. A função dele agora é a sonoplastia, quer
dizer, cuidar do som. E com isso o Carlinhos está
supercontente.
Fomos até a casa da Betty, e a mãe dela emprestou
para ele um gravadorzinho. Ele já gravou um monte
de sons e barulhos ótimos, mas não sei aonde ele vai
usar. Em geral não é o tipo de som que aparece em
A NOVIÇA REBELDE. Mas o Carlinhos é muito

esperto para essas coisas, e tenho certeza que ele vai se sair bem.

O Marcos, pai da Betty, me pergunta, "E aí, Clarice, está estudando para a maratona de ortografia?".

"Bom, estou fazendo o maior esforço, lendo o dicionário. Mas não consigo lembrar como se escreve cada palavra. Minha ortografia continua tão ruim como sempre."

Daí penso um pouco e digo, "O problema é que as pessoas pensam que a gente é burra quando não sabe escrever direitinho, com todos os 'esses' e 'erres'".

E o Marcos, "Mas isso não é verdade. Tem muita gente inteligente que não sabe escrever as palavras direito".

E eu pergunto, "Quem não sabe escrever direito, por exemplo?".

E o Marcos, "Por exemplo, Einstein. ※ Ele foi uma das pessoas mais inteligentes que já existiram no mundo".

É verdade, eu já ouvi falar no Einstein. Até já ouvi dizer assim: "Ora, para saber isso não precisa ser nenhum Einstein!". Quer dizer, não precisa ser gênio.

※ **Albert Einstein** – Um sujeito ótimo de matemática, campeão de contas. É famoso pela sua fórmula **$E = mc^2$**, que é um negócio inteligentíssimo e tem a ver com ciência.

Então, se ele escrevia errado, está provado que ser ruim de ortografia não é a mesma coisa que ser burro. Escrevo isso no meu caderno da Ruby Redfort:

Einstein – supercrânio, ruim de ortografia.

* * *

Na sexta-feira, na oficina de teatro, fazemos uma porção de exercícios especiais e aqueles negócios todos com a voz.

Descobri que fazer teatro não é só representar, dizer as frases que a gente decorou, e que tem muita coisa que eu posso fazer com o rosto.

A Czarina diz,

"Meus amorrzinhos, parra fazerr teatrro vocês têm que usarr seu corrpo inteirro, sua pessoa inteirra. Usem cada centimetrrozinho de vocês, tudo, tudinho – porr dentrro e porr forra".

E continua,

"A coisa mais difícil parra um atorr é rreagirr".

E vai andando pela sala com aquelas sapatilhas, e quando fala a palavra "***reagirr***" de repente ela dá um murro no ar, como se fosse dar um soco no nariz de alguém, e todo mundo se agacha e protege o rosto com o braço.

E ela diz,

"Virram, meus amorrzinhos, como vocês rreagirram?
Mas serrá que vocês farriam a mesma coisa
se vocês já soubessem o que eu ia fazerr?
Reprresentarr a surprresa
é muito mais difícil do que sentirr surprresa de verrdade.
Não é mesmo?".

Claro que ela tem razão. No caminho de volta para casa, eu e a Betty não paramos de falar sobre a Czarina. Ela é incrível!

E fiquei alegre de novo, porque agora quando eu fizer o papel da freira número quatro posso usar meu rosto para mostrar que tipo de pessoa ela é – isto é, não só uma freira qualquer, mas uma determinada pessoa, que eu tenho que inventar.

E apesar de eu ter pouquíssimas frases para dizer sou capaz de reagir às coisas que acontecem em volta, e tornar essa personagem interessante.

É assim que é a vida – às vezes a gente acha que tudo é uma chatice, mas depois descobre que não é.

Às vezes a gente **erra** quando **acerta**

Na segunda-feira eu me atraso de novo para a escola, porque meu cabelo não quer me obedecer de jeito nenhum.

Já perdi todas as minhas fivelas de cabelo e a fivela que eu pedi quando mandei os vales do macarrão Ruby Redfort, QUATRO SEMANAS ATRÁS, ainda não chegou. É uma oferta especial: mandando seis vales que vêm na caixa e mais dez pratas, aí eles mandam pra gente uma fivela com uma mosca, igualzinha à da Ruby. Eles disseram que minha fivela ia chegar no máximo em 28 dias.

Só que até agora nada, e estou pensando em escrever reclamando.

Quando chego na escola as coisas começam a dar errado e o dia vai de mal a pior.
O Carlinhos foi tirado dos efeitos sonoros porque tocava uns barulhos nojentos cada vez que o Capitão Von Trapp entrava no palco. E eu fui tirada do papel de freira número quatro porque a dona Clotilde me ouviu comentar que ela tem um *derrière* muito grande.
É uma palavra francesa que quer dizer traseiro.
Ora, ela tem mesmo um *derrière* muito grande.
É a pura verdade, pergunte a qualquer um que conhece a dona Clotilde.
Mas pelo jeito ninguém tem o direito de falar a verdade, a não ser que já tenha pelo menos 18 anos.
E a dona Clotilde é a encarregada de tomar conta da verdade. É ela quem decide o que tem licença de ser verdade e o que não tem. Ela fala assim, por exemplo, "Acho que todos nós gostaríamos de ouvir *menos* a sua voz, mocinha".
Mas pensa que ela pediu a opinião de alguém?
Agora eu sou a freira número sete, e não tenho nenhuma fala para dizer. Nenhuminha!
Lembro os exercícios de voz da Czarina e tenho

vontade de mandar essa freira fritar frango em uma frigideira!

Agora estou pensando em nem participar de **A NOVIÇA REBELDE**.

Já estou cansada de só receber papéis de perdedores e de levar bronca a cada cinco minutos, quando o importante do teatro é a gente se divertir!

No intervalo vou sentar sozinha, porque a Betty não está no ensaio. Está na aula de trompete.

Estou com uma coisa me roendo por dentro: a tal maratona de ortografia. É uma ansiedade que não para de me azucrinar. É uma tremenda injustiça: o Carlinhos, por exemplo, escreve tudo direitinho, sem nem fazer força. E eu nunca escrevo direito, por mais que me esforce.

E também não é minha culpa se eu não sei se ansiedade é com S ou com C! É o tipo da palavra que me deixa ansiosa!

7

Aí pego meu dicionariozinho de bolso, que eu trouxe para a escola, e abro na letra E. Por exemplo, olha a palavra exemplo – o X tem som de Z. E a mesma coisa com exato e exame. Dá pra entender um negócio desses? E na palavra excelente tem um X, muito intrometido, antes do C. Para que tudo isso???
Esse é o problema da ortografia – é um negócio que me deixa maluca. Resolvo passar para a letra X, mas não tem muitas palavras que começam com X. Não é à toa que em todos os alfabetos com desenhos o X sempre aparece com a mesma palavra: xilofone.
Uma palavra legal que tem X no meio é o RAIO X.
Foi o que o Miguel fez quando caiu da cadeira e achou que tinha quebrado a perna. Mas como ele caiu sentado eles deviam ter tirado um **raio X** do traseiro dele, isso sim.
Mas é claro que não tiraram. Isso eles nunca fazem.

* * *

A outra coisa que tornou o dia ainda pior foi que à tarde a Betty teve um problemão. Isso não costuma

acontecer, porque a Betty é dessas pessoas que nunca arranjam encrencas. Só que hoje depois do almoço quando a dona Clotilde escreveu uma coisa no quadro, a Betty levantou a mão e disse que estava errado.
Dona Clotilde estava tentando escrever

Deserto do Saara

que é um lugar totalmente seco, todinho de areia.
Quem entrar nesse deserto sem levar pelo menos dez litros de água morre rapidinho de calor e de sede.
Apesar de que eu tenho um livro que ensina a sobreviver nas emergências mais terríveis.
É muito triste ficar perdido num deserto sem água.
Você tem que levar, de qualquer maneira, uma latinha de feijão em conserva. De preferência vazia, apesar de que numa emergência você pode comer os feijões. Ou então, se você não está com fome, pode guardar os feijões para mais tarde, dentro de um saquinho. Agora, o que fazer se você esqueceu o abridor de lata – isso eu não sei.
Mas enfim o que você tem que fazer é esperar cair a noite e colocar um saquinho plástico em cima da lata, preso com uma pedrinha em cima. É como uma

mágica – quando você acordar, vai haver água dentro da lata.

Não tenho certeza como isso tudo funciona, mas tem a ver com ciência.

Só que em vez de escrever Deserto do Saara, ela escreveu Deserto da Sara, que não existe. Pelo menos eu não conheço nenhuma Sara que seja dona de um deserto.

Se bem que existe a dona Sara da nossa rua. Ela mora num casarão gigante e vazio, tipo totalmente deserto. Mas acho que não é a mesma coisa.

Dona Clotilde não gostou nem um pouco de saber que errou na ortografia. Então a Betty entrou numa fria porque deu esse palpite "quente"!
E é isso que eu estou aprendendo:
às vezes a gente erra quando acerta.

* * *

No caminho da escola para casa, a Betty me falou de uma ideia que viu no site da Ruby Redfort:
"Tem um concurso no site: a gente tem que inventar uma personagem que seja um detetive, e escrever uma história de mistério. Entendeu? Nós mesmas temos que criar a personagem e a história!".
"Mas, Betty, acho que não é tão fácil assim!"
"Ué, por que não?"
E eu respondo, "Porque a ideia da série Ruby Redfort é tão legal!... Eu nunca poderia inventar uma coisa tão bem bolada. É o livro mais bem bolado que eu já li, e ainda por cima é engraçado".
E a Betty diz, "Mas pense numa coisa: tem tantos livros nas livrarias, até nos supermercados. Se escrever

fosse tão difícil, como seria possível haver tantos livros?".

Até que tem lógica. Essa é a Betty: ela raciocina bem. Se ela estiver mesmo com a razão e a gente *conseguir* escrever nossa própria história de detetive e vender um monte de livros... então eu vou precisar *mesmo* aprender ortografia!

Mais tarde estou em casa, estudando um pouco. Estou tentando decorar a palavra viagem, que é com G, apesar de que viajar é com J. Que coisa!

Daí a campainha toca.

Deve ser o Carlinhos, que veio buscar o Cimento e o vovô para a aula de boas maneiras. Ele já falou que eu posso ir junto, acho que vai ser legal.

Abro a porta e o Carlinhos está todo animado, sem fôlego, mostrando uma folha de papel com uns números escritos.

Ele pergunta, "Adivinhe o que é isso?".

E eu, "Um papel com uns números".

Ele nem ri da minha piada e desembesta, falando rápido como uma metralhadora: "Sabe o que é? Imagina, minha mãe me pediu para buscar a bolsa dela, mas a bolsa abriu, e caiu no chão um caderninho de endereços – e caiu aberto bem na letra D. É a inicial do meu pai, **Dalton**. Eu não olhei de propósito, mas quando peguei o caderninho do chão não pude deixar de ver o telefone do meu pai. Daí eu anotei – mas minha mãe não viu, ela não sabe de nada – e não é para você contar para ninguém, ouviu? Nunca jamais, estou falando sério!".

E eu digo, "Não vou contar, prometo. Mas eu pensei que sua mãe não tinha o telefone do seu pai. Achei que ninguém sabia para onde seu pai foi".

"Não sei por que ela sempre disse isso. Só sei que eu vou ligar para ele, quem sabe este fim de semana. Nem sei onde ele mora, mas vou perguntar se eu posso morar com ele."

E eu, "Puxa, é mesmo? Que legal!".

E o Carlinhos, "Legal? Bota legal nisso!".

"Mas por que será que a sua mãe não contou para você que ela tinha o telefone do seu pai?"

"Não sei. Só sei que vai ser animal morar com ele!"

"Mas... e se o seu pai disser que não? O que você vai fazer?"

"Ele NÃO VAI dizer que NÃO!"
"Não estou dizendo que vai. Mas, e se ele disser que não, o que você vai fazer?"
"Escute aqui, Clarice, estou tentando te contar uma coisa legal, falou? Eu encontrei o telefone do meu pai, e EU VOU morar com ele!"
"Eu sei, eu sei, é superlegal que você achou o telefone do seu pai. Mas eu só estava pensando, por que será que sua mãe nunca te deu o número para você falar com ele?"
"Você nem CONHECE o meu PAI. É CLARO que o MEU PAI quer que eu vá morar com ele. Por que ele não iria querer?"
"Eu não falei que ele não vai querer. Só perguntei, e se ele não quiser?"
E o Carlinhos,
"Mas por que você é assim? Eu SABIA que não tinha nada que contar pra VOCÊ. Você é igualzinha a TODO MUNDO!".
E saiu correndo.
Puxa, foi mau... Eu achei que estava falando uma coisa certa, mas quem sabe foi errada. Não tenho mais certeza.

Mas é estranho que a mãe dele nunca tenha falado, esse tempo todo, que sabia o telefone do pai. Bom, algum motivo ela deve ter.
Vai ver que é como diz a Ruby Redfort: "Às vezes é melhor para a própria pessoa não ficar sabendo de certas coisas".
Então, eu estava só dizendo uma coisa que a própria Ruby diria.
E a Ruby em geral tem razão.
Sendo assim, por que eu estou me sentindo tão mal?

Às vezes você nem espera se sentir melhor, mas de repente acontece

É incrível como esse tal de ser humano consegue se recuperar das decepções e outras coisas horríveis que acontecem. É tudo por causa do cérebro humano, que é muito misterioso. Vi um homem na televisão dizer que **o cérebro humano é mais complicado que um computador**. Aliás, eu duvido. Você também duvidaria, se conhecesse o Roberto Sem Alça. Esse homem disse,

"O cérebro humano é uma coisa incrível, extremamente engenhosa".

E é verdade – por exemplo, é **incompreensível**, quer dizer, *muito difícil de entender*, como é possível a gente estar triste e dali a um minuto estar cheia de esperança?

Outra coisa: de que jeito o cérebro consegue pensar em várias coisas ao mesmo tempo?

A memória é uma coisa estranhíssima,

e eu não sei bem como ela funciona.

Às vezes dá um branco total.

E por que será que a memória se lembra de coisas tipo assim, que na quinta-feira nós comemos salsicha, mas não consegue lembrar a tabuada do oito? É um mistério. Minha memória se lembra perfeitamente que a dona Clotilde tinha uma folhinha de espinafre colada no dente. Também se lembra perfeitamente que na semana passada eu escorreguei na frente da classe inteira, e acho até que algumas pessoas viram a minha calcinha – uma coisa que eu bem que preferia esquecer. Na oficina de teatro a Czarina diz,

"Todo esse montón de coisas que vocês
pensam que são informações inúteis
podem ser muito úteis quando a gente faz teatro".

E também,

"Meu amorzinho, escorregar
na frente de todo mundo
pode acabar sendo
uma coisa maravilhosa".

E ainda,

"Vocês devem usar essas experiências,

elas são um ***alimento*** *para o ator,*

elas ***dão vida*** *para a arte de representar.*

Escreva essas experiências!".

E eu, "A última coisa que eu quero é contar para um monte de gente que eu escorreguei e que todo mundo viu a minha calcinha".

O pior é que justamente nesse dia eu estava com uma calcinha que me deixou morrendo de vergonha – com o desenho de um macaquinho, coisa que nem é meu estilo – não costumo usar essas calcinhas idiotas, de bichinhos. É bem como diz minha avó: ponha a sua melhor calcinha todos os dias para evitar esses desastres.

Mas a Czarina continua,

"Essas ***lembranças*** *são* ***úteis****, porque o segredo de um ator fabuloso é* ***compreender*** *como a pessoa se sente quando, por exemplo, cai no chão na frente da classe inteira e fica morrendo de vergonha.*

Meu amorzinho*, quanto mais* ***experiências*** *desse tipo você tiver, melhor você vai* ***imaginar, inventar, personificar****".*

No caminho para casa já estou pensando: será que a freira número sete alguma vez passou vergonha na frente da classe dela e pagou o maior mico? E será que ela resolveu entrar para o convento e virar freira justamente porque um dia ela caiu e todo mundo viu a calcinha dela, de macaquinho? Tomo nota disso no caderno da Ruby Redfort. Daí eu penso, já estou começando a conhecer a freira número sete. Ela parece um pouco com a número quatro, mas não é bem igual, porque eu estou transformando ela numa pessoa diferente. Acho que eu vou representar bem esse papel.

A aula seguinte é a do prof. Washington. Pergunto a ele sobre esse negócio da memória, porque quero desesperadamente me lembrar da maneira certa de escrever as palavras, e de outras coisas também. Coisas que podem ser úteis. Por exemplo, tem muita coisa que a gente acha que não precisa se lembrar, porque nunca vai ajudar em nada – mas de repente a gente descobre que são coisas úteis.

Por exemplo, saber que nove vezes oito são... são aquele tal número que dá nove vezes oito. ❋
Ou quanto tempo demora para ir a pé de Londres até Constantinopla? ❋ ❋
A gente nunca sabe quando vai precisar dessas informações. Também tem outras coisas que é bom lembrar, porque são legais – por exemplo, uma poesia. Ou o nome de uma montanha no Japão só porque é legal saber.
Meu pai é uma dessas pessoas que estão sempre se lembrando das coisas. A gente pode fazer qualquer pergunta para ele, e ele sabe a resposta.
Ele diz que, quando não sabe, inventa uma resposta, por que não?
Ele fala assim, "Não custa tentar".
Uma das regras da Ruby Redfort é, **A GENTE NUNCA SABE QUANDO UMA COISA QUE A GENTE SABE VAI VIR BEM A CALHAR.**
Então é uma boa razão para saber mais. Mas o

❋ **9 x 8** = 72
❋ ❋ **Constantinopla** (hoje chamada Istambul) fica a 2.497 quilômetros de distância de Londres. Dá para caminhar um quilômetro em doze minutos (ou dez, andando depressa). Assim, você vai levar uns 31.212 minutos para chegar lá. Mas não esqueça de parar para tomar um refresco, senão você vai morrer de sede.

problema é que, por mais que eu saiba, eu sempre me esqueço das coisas.

O prof. Washington responde, "O segredo é treinar a memória. É como fazer exercícios físicos. Tem muita coisa que a gente pode fazer para deixar a memória em boa forma".

Fico admirada, mas ele diz: "A primeira coisa a fazer é decorar uma coisa que você realmente gosta. Por exemplo, uma poesia, ou uma música, ou o nome de várias raças de cachorro, ou seja lá o que for que você gosta e que te interessa".

Ele explica, "O segredo é você ter interesse. Existe alguma coisa que você realmente gostaria de dizer de cor?".

E eu digo, "Bom, é engraçado que eu já sei quase todo o papel da Liesl em **A NOVIÇA REBELDE**. Aprendi meio por acaso, só ouvindo a Graça repetir tantas vezes".

E o professor diz, "Deve ser porque você adoraria fazer esse papel, então a sua mente está interessada.

Por que você não aprende o papel inteiro? Seria um ótimo exercício".

Acho que ele tem razão, e começo a treinar minha memória. Daí lembro do Carlinhos treinando o Cimento e o vovô. Será que vai ser assim tão fácil?

✳ ✳ ✳

No sábado não tenho nada para fazer, então saio andando à toa por aí e, "sem querer de propósito", acabo no Tudo Verde. Está muito calor e não tem ninguém na rua, só umas moscas. Quando viro a esquina e entro na rua do parque, vejo o gramado cheio de gente, todo mundo deitado na grama tomando sol feito uns jacarés.

No Tudo Verde está fresquinho e gostoso. Desta vez não tem ninguém, só o Edu e a outra moça que trabalha lá. O Edu parece muito contente de me ver e até me apresenta para a moça, que se chama Kira. Ela usa uma echarpe enrolada no cabelo, uma calça bem larga, com franjas na barra, e um brinco na sobrancelha.

Esse brinco deve incomodar um
bocado, ela vive mexendo nele.
Ela e o Edu estão naquele clima em que cada um
acha engraçado tudo que o outro diz e faz.
Daí saem correndo um atrás do outro pela
loja, cada um tentando colar umas etiquetas
com preços na calça do outro.

Quando eles cansam da brincadeira, o
Edu pergunta, "E o que há de novo na
nossa rua?".

E eu, "Nada... só umas moscas moscando por aí".
E a Kira acha graça e diz, "Cara, sua irmã é hilária!".
Acho que ela é de Nova York.
Ela me oferece um suco – quer dizer, não
é bem um suco, é uma espécie de água
amarelada, com um cheirinho típico
daquela loja.
Kira diz, "É um extrato de plantas chinesas, bom
para desintoxicar". ❀
E eu digo, "Não sei se eu estou me desintoxicando,
porque não sei o que quer dizer desintoxicar, mas

❀ **Desintoxicar** – fazer um tratamento para o corpo se livrar de uma porção de tranqueiras que só servem para atrapalhar.

vou tomar assim mesmo, apesar de que esse suco tem cor de xixi, igualzinho”.

Faço uma anotação no meu caderno da Ruby Redfort:

> procurar a palavra desintoxicar no meu dicionário quando chegar em casa.

Ficamos batendo um papo bem legal e eles me deixam sentar no banquinho do caixa, uma coisa que eu sempre quis fazer, porque é um banquinho bem alto, e também me dão uma camiseta do Tudo Verde para vestir. Quer dizer, estou parecendo uma pessoa baixinha que trabalha lá na loja.

De repente entra uma porção de meninas, todas falando ao mesmo tempo, muito alto e muito rápido, e dando muita risada. Elas vão até o balcão e pedem suco, mas não pedem para a Kira – todas pedem para o Edu, que fica meio confuso com tantos sucos e tanto falatório.

Daí a Kira faz uma cara de total irritação, e eu mando um olhar pra ela tipo assim levantando uma sobrancelha, e ela me devolve o mesmo olhar, meio que levantando uma sobrancelha.

Pego no *freezer* um sorvete de fruta pura, sem os tais agrotóxicos, e deixo o dinheiro no balcão.

Daí digo, “Tchau, Kira. Tchau, Edu”.

Mas ele nem escuta.
E a Kira, "Tchau, garota! A gente se vê por aí".
É bem o tipo de coisa que a Ruby Redfort diria.
Vou andando pela rua chupando meu sorvete de manga. Adoro manga.
Adoro tanto que acho que nunca vou enjoar de manga.
Daí quem eu vejo? O Carlinhos. Eu grito, "Ei, Carlinhos!". Mas ele não escuta, e eu continuo gritando, pulando e abanando os braços. Não acredito que ele não está escutando! Daí corro atrás dele, agarro ele pelo braço e ele diz,

"Quer me deixar em PAZ, por favor?"

e continua andando, e eu digo,
"Carlinhos sou eu, Clarice Bean!".
E ele, "E daí?". Fico espantadíssima e digo, "Puxa, achei que você fosse meu amigo!".
E ele, "Ah, é? Pois achou ERRADO!".
E eu fico ali parada feito um peixe, de boca aberta.
Fico vendo ele ir embora, tão distraída que dou um tropeção na calçada e deixo cair meu sorvete – meu dedão está sangrando, porque estou de sandália de dedo. Bem que a mamãe sempre diz, "Nunca corra de sandália de dedo!", e ela tem razão.

O dedão está doendo, mas eu nem sinto – estou absolutamente atordoada, muda de espanto! Fico olhando meu sorvete derreter no asfalto, e não demora vem um monte de formigas, não sei de onde, e começam a praticar remo e natação na piscininha de suco de manga.

E eu nem levanto a vista porque não quero começar a chorar, então fico ali agachada vendo as formigas nadando no suco, parece que elas estão se divertindo legal…

De repente alguém me agarra pela cintura e me joga para cima, e eu já sei quem é, claro, porque ele nunca diz alô nem nada, como faz uma pessoa normal. A única pessoa que ele não agarra e joga para cima é meu pai, porque meu pai não ia gostar, nem o vovô, porque já está muito frágil e de repente pode cair e quebrar o quadril.

E eu digo, "Tio Ted, me larga!".

Mas não estou falando sério, e ele sabe disso.

E o tio Ted, "Hoje não é dia de ficar olhando as formiguinhas na calçada, sabia?".

"Sabia."

"Muito bem, então vamos ao cinema."

Daí nós vamos mesmo ao cinema, e é muito legal. O cinema está bem fresquinho, com ar-condicionado, e quase vazio.

O filme é sobre um peixinho que se perdeu e o pai dele tenta encontrá-lo. É muito bom, apesar de que a gente já sabe o que vai acontecer no fim.

Me faz lembrar o Carlinhos. Que estranho que o pai dele ainda não veio procurá-lo.

Mas por mais que eu esteja preocupada com o Carlinhos e com o que ele disse, que nós não somos mais amigos, paro um pouco de pensar nisso quando estou com o tio Ted.

Sabe como é, se o tio Ted não fizer você dar risada, então ninguém vai fazer. Mas quando ele vai embora e eu volto para casa começo outra vez a pensar no Carlinhos, naquilo tudo que ele disse. Me dá até um enjoo de estômago, e quando o papai vem dizer

"Hora do jantar!"

não estou com a mínima fome.

Tem coisas que é melhor a gente não saber

10

No dia seguinte assisto a Ruby Redfort na TV. Ruby e Clancy estão escondidos, depois da escola. Estão observando para ver se tem alguém se comportando de maneira estranha, ou alguma coisa fora do normal – coisas que, naturalmente, tem muito lá na cidade deles.
RUBY: "Ei, Clancy, dá uma olhada". Ruby passa para ele seus óculos escuros especiais, que na verdade são um binóculo disfarçado. Clancy põe os óculos.
CLANCY: "Ora, ora – não é aquele Barney Herbert, o supernerd, conversando com a Buggie?".
RUBY: "O próprio... Caramba, meu, quanta coisa a gente vê quando está de vigia! Dá pra ficar sabendo de muita coisa, só observando as pessoas".

CLANCY: "Isso aí. Eu não acreditaria se não visse com meus próprios olhos".

RUBY: "Desde quando a Buggie virou amiguinha de nerd? Ela deve estar aprontando alguma coisa...".

CLANCY: "Como você sabe?".

RUBY: "Porque é típico da Buggie, ela sempre faz isso. Aposto que ela quer usar o computador do Barney, ou pedir emprestado a bicicleta nova dele. Ela não iria ficar se engraçando para o lado do Barney assim, sem motivo".

Bem nessa hora, enquanto Clancy e Ruby estão conversando, um carro preto muito sinistro vem chegando. E eles não veem porque estão distraídos – coisa que jamais um agente secreto deve deixar acontecer.

Você percebe o que houve?

A Ruby desobedeceu uma das suas próprias regras de ouro: **NUNCA SE DISTRAIA COM COISINHAS PEQUENAS ENQUANTO ESTÁ ACONTECENDO ALGUMA COISA GRANDE.**

Isso prova que até uma pessoa como a Ruby Redfort, que é um gênio, pode vacilar de vez em quando e esquecer a coisa mais importante de todas.

* * *

Daí resolvo também ficar alerta para ver se alguém está aprontando alguma coisa. Pego meu caderno da Ruby e vou sentar numa cadeira na porta da minha casa, para ver, assim "por acaso", o que está acontecendo de interessante na nossa rua. Faz muito calor, e depois de 22 minutos já estou mais torrada que amendoim, e até agora só vi passar um gato manco.

Tudo isso teria graça se aqui do meu lado estivesse o Clancy. Ele é o tipo do cara que a gente quer ter como amigo. Daí começo a pensar no Carlinhos, e como eu gostaria que ele puxasse uma cadeira aqui do meu lado, mas ele não fala mais comigo. E parece que esse assunto está encerrado mesmo.

Dona Célia sai na calçada, sacode uma toalha de mesa, e pergunta, "Sua mãe sabe que você está sentada aqui na calçada sem fazer nada?".

"Não estou sem fazer nada. Estou observando as coisas."

"Sei. Quer dizer, metendo o nariz na vida alheia."
E eu, "Olha só quem fala!".
Mas digo isso bem baixinho, porque a última coisa que eu quero é a dona Célia me perseguindo. Muito menos agora que estou de vigia.
O Hitch sempre fala, "Ruby, não atraia a atenção das pessoas, senão elas vão perceber o seu disfarce". A Ruby é meio cabeça-dura e arruma muita encrenca porque não consegue deixar de dizer as coisas bem na cara das pessoas.
Eu e a Ruby temos isso em comum, um pouquinho.
Dona Célia volta para dentro e finge que não está me espiando pelo vão da cortina. E eu finjo que não notei que ela está me espiando pelo vão da cortina.
Essa é uma regra da Ruby Redfort: **NUNCA DEIXE O INIMIGO SABER QUE VOCÊ SABE QUE ELE SABE.**
Fingir que a gente não sabe de uma coisa é muito mais difícil do que você imagina.
Agora escuto uma voz falando bem alto: é o Roberto Sem Alça. Ele mora na casa ao lado e está brincando na piscina de plástico no quintal. Qualquer hora ele arrebenta essa piscininha, de tanto pular.

Não tenho a menor vontade de falar com o Roberto, mas estou morrendo de vontade de entrar na piscina. Já estou vermelha feito uma lagosta, de tanto ficar sentada no sol. Se eu esquentar mais, vou começar a delirar, falar besteiras – é o que acontece quando a gente tem insolação.

Existem casos de pessoas que ficaram completamente loucas, com o cérebro cozido pelo sol.

Daí resolvo tomar uma atitude urgente para evitar essa possibilidade. Vou para o quintal e chamo por cima do muro: "Alô, Roberto, isso aí é uma piscininha de plástico?".

E ele, "Não, senhora. É uma piscina de mergulho, fique sabendo". ❀ Eu sei que não é nada disso, mas quero entrar assim mesmo.

Então digo, "Ah, que legal. Nunca entrei numa piscina de mergulho".

E ele, "Quer entrar?".

Claro que sim, não é? Que pergunta! Se não quisesse, eu nunca estaria falando com ele. Mas

❀ **Piscina de mergulho** – bem funda, do tipo que há na casa dos artistas de Hollywood, não essa piscininha de plástico ridícula do quintal do Roberto.

respondo, assim como quem não quer nada, "Tá, pode ser. Uns minutinhos, por que não?".

Eu já estava de maiô por baixo, e num instante pulo o muro e caio na piscina. Valeu a pena durante cinco minutos, mas assim que eu me refresco começo a ver o erro que cometi. E, além disso, nunca se sabe se ele fez xixi lá dentro.

Por sorte minha mãe me chama, "Clarice, a Betty no telefone". E eu, "Desculpa, Roberto, tenho que atender".

E ele grita, "Volta logo, ouviu?".

E eu me sinto, tipo assim, um pouquinho mal, porque sei que não vou voltar logo coisa nenhuma, vou é voando para a casa da Betty.

A Betty está muito animada com o site da Ruby Redfort, que foi atualizado há pouco tempo. Tem um monte de novas informações sobre a autora, a Patrícia F. Maplin Stacey. Mas eu notei que eles continuam botando uma foto dela de quando era bem jovem, e eu sei que ela já está lá pelos 72 ou algo assim.

Eles também colocaram no site o Código da Ruby

Redfort, ❀ que ela usa nos livros. Assim a gente pode aprender a falar em código.
No começo parece bem complicado, a gente acha que nunca vai aprender, mas daí a gente vê como funciona – ela só trocou o significado de algumas palavras. É como se fosse uma nova língua, e eu e a Betty resolvemos aprender. Assim vamos poder conversar em código secreto, e ninguém vai compreender.
Quando a gente clica na palavra Hitch, vem a voz do Hitch dizendo, "Aí, garota, voltou sã e salva!" – uma coisa que ele sempre diz nos livros.
É a voz do novo Hitch, esse de Hollywood, que se chama George Conway.
E a Betty, "Olha só, tem até a foto da nova atriz que vai fazer a Ruby Redfort no filme".
Ela até parece um pouco comigo, mas o cabelo é menos embaraçado, mais armado. Ela se chama Stella Summer, e eu digo, "Que máximo esse nome! Como eu gostaria de me chamar Stella Summer!".

❀ **Código da Ruby Redfort** – Por exemplo, **tapioca = ruim**, porque a Ruby detesta tapioca; **pizza = bom**, porque pizza é uma delícia. **Cachorro sujo = problema**, porque cachorro sujo cheira mal.

Claro que uma pessoa chamada Stella Summer tem muito mais chance de ser estrela de Hollywood do que uma pessoa chamada Clarice Bean.
E a Betty, "Pois eu acho que Clarice Bean é um nome muito legal, parece nome de escritora. Ou então de um bolinho de feijão orgânico".
Quem sabe ela tem razão e o meu nome não é tão ruim assim.
Interessante, essa história de nomes. Um nome é só uma palavra, mas pode fazer a gente sentir coisas bem diferentes em relação a uma pessoa. É como aquilo que o prof. Washington falou – que cada nome significa alguma coisa, e pode ser uma coisa importante.
Por exemplo, se você ainda não conhece uma pessoa, mas gosta do nome dela, você já meio que espera gostar dela, pelo menos num primeiro momento.
Se a pessoa tem um nome bonito, a gente já espera que seja uma pessoa bonita.
E se tem um nome superbacana, tipo Clancy, a gente já acha que vai ser uma pessoa superbacana.
E se é um nome muito raro é muito mais fácil a gente se lembrar da pessoa.

Nome é uma coisa muito importante mesmo. Por exemplo, se alguém tem o apelido de Porcão, a gente já sabe que não vai ser um tipo muito agradável.
O nome do prof. Washington me dá vontade de ir para Washington, porque eu gosto dele, e fico pensando se eu ia gostar da cidade de Washington.
Meu nome é meio fora do comum, então as pessoas em geral se lembram de mim.
O que pode ser bom ou ruim.
Depende.

Estou voltando da casa da Betty, zanzando por aí, tentando pensar em algum nome legal que eu gostaria que fosse meu, um nome bem melhor do que Clarice Bean, e de repente escuto alguém falando muito alto, dentro de uma cabine telefônica.
E bem quando estou passando por ali a porta se abre, e quem sai correndo lá de dentro? O Carlinhos!
E por um segundo ele se vira e me vê, e eu olho para ele e percebo que ele está quase chorando.
Sei que ele vai me odiar por ter visto isso – e ele sai

correndo tão depressa que nem dá tempo de eu dizer nada, nem que eu tivesse pensado em alguma coisa para dizer.

Abaixo os olhos e vejo na calçada, em frente ao telefone, uma porção de pedacinhos de papel picado, formando até uma trilha. Pego todos eles do chão, encaixo todos direitinho e o número que eles formam é 0627445869. Debaixo do número tem o desenho de uma carinha sorridente. E eu sei o que é, claro. É o telefone do pai dele.

Tem coisas que os outros nunca vão saber que você sabe

Na segunda-feira, o Carlinhos não quer nem olhar pra mim, muito menos dar um oi.
Isso está me deixando muito chateada, então fico contente que vamos ter aula com o prof. Washington.
Ele pede para cada um fazer um desenho do que tem dentro da sua própria cabeça. Mas não a cabeça de verdade, como deve ser lá por dentro, com os miolos, os negocinhos se mexendo e tal. Ele quer dizer aquele monte de pensamentos e informações, tudo rodando lá dentro, e qual é a sensação quando a gente está cheia de tudo, ou com raiva, ou alegre, ou morrendo de tédio.
Vai desenhar isso!

Mas até que é um desenho muito bom de se fazer, porque não existe certo nem errado. O prof. Washington disse que não existe quase nada que seja completamente errado ou completamente certo – especialmente o que acontece dentro da cabeça da gente.
Ele diz, "Às vezes um erro mostra para a gente o jeito certo de fazer alguma coisa. Sendo assim, como se pode dizer que aquilo estava errado?".
Claro que ele está certo.
Como um erro pode ser um erro?
Por exemplo, uma vez eu errei: estava fazendo calda de chocolate, deixei ferver demais e aquilo virou um puxa-puxa impossível de comer. Como eu ia saber que isso acontece, se não tivesse errado?
A gente não para de aprender – é o que diz o prof. Washington.
Sei o que ele quer dizer: eu também estou sempre aprendendo.
Aprendo coisas só andando pela rua, e até quando estou dormindo, porque nos sonhos tem um monte de coisas que entram e saem da minha cabeça.

Aprendo coisas até quando estou lendo um livro da Ruby Redfort, escondido debaixo da carteira, na aula da dona Clotilde.
O prof. Washington diz, “É muito bom saber ler e escrever. Isso ajuda a se comunicar. E o que seria da gente sem os números? Nem sempre temos uma calculadora para fazer contas”.
É verdade: sem os números, a gente não saberia nem que idade tem. E a gente precisa saber somar de cabeça, senão o que vai fazer se a calculadora quebrar?
E o professor diz, “Mas há outras coisas que também são muito importantes, e a gente aprende por acaso”.
Já descobri uma porção de coisas novas por acaso, e continuo descobrindo.
Uma coisa que eu aprendi na aula do prof. Washington é que as estrelas estão sempre no céu, apesar de que a gente só consegue enxergá-las à noite, quando está escuro.
Outra coisa que eu descobri por acaso é que a gente pode ficar queimada de sol mesmo num dia nublado. O mormaço também queima.

Eu digo, "Professor, eu quero me comunicar, mas o que me atrapalha é a tal da ortografia. Olha só, tem palavras como acento e assento, que a gente fala igualzinho, mas tem que escrever diferente, e querem dizer coisas totalmente diferentes... Como é que a gente vai saber?? É tão confuso!".

E o professor diz, "CB, você tocou num ponto muito interessante, e você até tem razão. Não é fácil, mas o negócio é pensar que a ortografia é uma espécie de código cheio de regras secretas. O segredo é descobrir o código e encontrar uma maneira de lembrar das regras.

"Por exemplo, como saber se PALMITO é com L ou com U? Imagine uma palmeira, que é de onde vem o palmito. Ela é uma árvore comprida feito um l e não achatada como um u.

E o contrário: como saber que OUVIDO é com U e não com L? Ora, basta lembrar que a gente escuta por um OUvido OU pelo OUtro!

Ou como saber se CAMISA é com S ou Z? Basta se lembrar de que uma camisa tem mangaS e botõeS, que terminam com S e não com Z."

São informações muito úteis, e escrevo tudo isso no meu caderno da Ruby. Desenho uma torta de paLmito (porque é um jeito ótimo de comer paLmito), uma carinha com dois oUvidos e uma camiSa com mangas e botões.

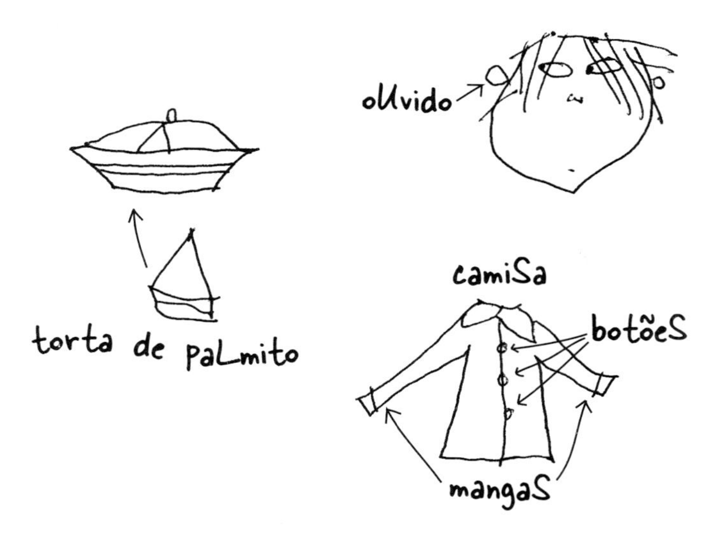

Pensar que a ortografia é um código me faz lembrar da Ruby. Ela conhece um monte de códigos secretos. Como será que ela aprendeu tudo isso? Estou tentando aprender um código só: escrever direito na minha própria língua.
E estou achando muito complicado.

Se eu tivesse inventado a ortografia, faria um serviço muito melhor.
Por exemplo, quando a gente quer saber onde está uma pessoa, seria muito mais fácil escrever "**KD VC?**". Para que tantas letras, tantos acentos?

Hoje é terça-feira, e o prof. Washington está nos ajudando a estudar para a maratona. Ele escreveu no quadro uma sentença assim:

TREZ RINOSSERONTES
DANSSARAM ATÉ CANÇAR.

Daí ele diz, "Quem consegue corrigir as palavras erradas?".
Muita gente levanta a mão, mas ele escolhe o Carlinhos. Fico surpresa porque o Carlinhos nunca levanta a mão para nada, mesmo quando ele sabe a resposta.
Mas ele vai até o quadro e corrige assim:

TRÊS RINOSSERONTES DANÇARAM ATÉ CANSAR.

E o professor, "Muito bem, Carlos. Mas ainda sobrou um erro. Alguém sabe qual é?".

Levanto a mão, pronta para dizer que rinoceronte é com **C**. Claro que eu sei escrever RINOCERONTE, de tanto olhar para o meu pôster antes de dormir. E olha só: apesar de que o Carlos é bom de ortografia, eu sei que rinoceronte é com **C**, e ele não sabe. Fico preocupada – será que eu devo dizer isso, agora que o Carlinhos não gosta mais de mim? Mas eu quero, quero muito que todo mundo saiba que eu também sei escrever direito.

Finalmente o prof. Washington me chama: "Sim, **CB**, você quer nos dizer qual foi o detalhe que o Carlinhos esqueceu?".

Já vou abrir a boca para dizer quando... seu Etelvino, o zelador da escola, enfia a cabeça pela porta: "Um aviso: a partir de amanhã o pátio do recreio vai estar em reforma. Então, por favor, não deixem suas bicicletas por lá, porque vai ser proibido entrar no pátio durante várias semanas".

E vai embora.

Daí a campainha toca.

E toca todo mundo a sair correndo...

E nem consigo dizer uma das poucas palavras que eu sei escrever direitinho.

Às vezes a gente tem que esperar sentada e ver o que acontece

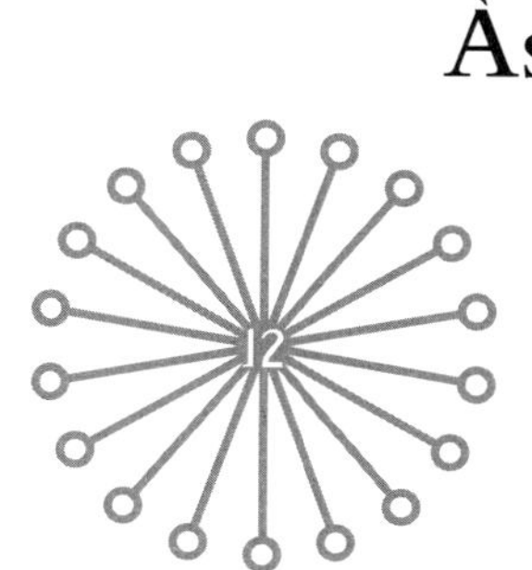

Dona Clotilde manda fazer como dever de casa uma redação: "Meu fim de semana". Ela quer que a gente escreva sobre o que aconteceu neste sábado e domingo passados.

O Carlinhos diz que não vai escrever. Ela pergunta, "Por que não?".

Daí eu me lembro que vi o Carlinhos no domingo saindo da cabine telefônica. É claro que ele não vai querer escrever sobre isso.

E ele, "Porque o que aconteceu no fim de semana é assunto particular meu, e não é da conta de mais ninguém".

E a dona Clotilde, "Carlos, não seja ridículo. Você vai escrever a redação, como todos os outros alunos".

"Não vou, e a senhora NÃO PODE me obrigar."
"É o que veremos, senhor Carlos Zucchini!"
A campainha toca, Carlinhos sai da sala em disparada,
e a dona Clotilde grita, "Vou chamar a sua mãe!".
E ele grita, "PODE CHAMAR, pouco me importa!".
E ela grita de novo,
"Carlos Zucchini! Faça o favor
de entregar seu dever de casa amanhã,
mocinho!
Senão, você vai ter um gravíssimo problema!
ESTOU FALANDO SÉRIO!".
O Carlinhos vira para trás, e vejo o rosto dele.
Eu é que não queria estar no lugar da dona Clotilde.

Na saída vou com a Betty tomar lanche na casa dela.
Ficamos pensando no que será que o Carlinhos vai
fazer agora, porque temos certeza que ele vai
aprontar. E eu? Será que eu deveria tomar alguma
iniciativa? Tipo assim, não deixar ele fazer nada de
errado antes que ele vá longe demais.
Mas ele não quer mais saber de me ouvir.

Quando eu e a Betty chegamos à casa dela, corremos para a cozinha para fazer uns sanduíches e ligamos a televisão para ver a Ruby Redfort.
Queremos assistir por causa da nossa pesquisa sobre histórias de detetive. Além do que, nós duas somos loucas pela Ruby Redfort.
O que eu gosto nessa série de TV é que os episódios são sempre emocionantes. É impossível imaginar como a Ruby vai conseguir sair daquela situação dramática em que ela se meteu, com a vida por um fio. Fico assistindo meio escondida atrás da poltrona de tão nervosa, ou então agarrando uma almofada.
E o engraçado é que por mais que as coisas fiquem trágicas, péssimas, à beira do abismo, o Hitch continua calmíssimo, sempre com aquele cabelo muito bem penteado.
A Ruby vive perdendo os óculos, e o Hitch sempre dá um jeito de encontrar.
O episódio de hoje se chama

Está Me Ouvindo, Clancy Crew?

O Clancy vem vindo de bicicleta pela rua, porque acaba de receber uma mensagem da Ruby dizendo

"Me encontre no velho celeiro".

Só que a mensagem não veio da Ruby, como ele pensa, mas sim do malvado vilão, o Conde Visconde. Ruby está mexendo nos botões do *walkie-talkie*, tentando avisar o Clancy sobre o terrível plano do Conde Visconde.

Daí Ruby fala no *walkie-talkie*, "Clancy, está me ouvindo? Você está em perigo! Volte para trás, não continue! Câmbio".

E o Clancy não responde, porque o *walkie-talkie* dele foi bloqueado pelo vilão Hogtrotter, o Porcão, e a Ruby fica mais desesperada,

"Clancy, está me ouvindo? Está me ouvindo, Clancy?".

E o Clancy começa a desconfiar, enquanto entra no velho celeiro, que tem alguma coisa de errado, e que ele perdeu o contato no *walkie-talkie*. Ele se vira para a porta e diz no *walkie-talkie*: "Ruby, onde você está? Responda logo, onde você anda?".

E Ruby diz para Hitch: "Ele não está me ouvindo! Não consigo fazer contato. Mas por que ele desligou o *walkie-talkie*? Ele devia saber disso, Hitch! É uma das nossas regras: **NUNCA DESLIGUE O *WALKIE-TALKIE***".

Hitch parece preocupado – a gente percebe, porque ele faz aquele jeitinho de franzir uma só sobrancelha, e diz, "Mas... e se não foi ele que desligou o *walkie-talkie*? E se foi outra pessoa?".

Daí Hitch olha para Ruby e Ruby olha para Hitch, daí a Ruby olha bem para a tela de TV e diz, "Clancy, meu amigão, fica frio, não faça nenhuma besteira!".

E Clancy está lá sozinho no celeiro – ou é o que a gente pensa, até que vemos a sombra de uma mão, e Clancy fala com os seus botões: "Ah, Ruby, se você estivesse aqui, saberia o que fazer!".

E daí o Hitch olha bem de frente na tela da TV e diz, "Aguenta firme, garoto, vamos tirar você daí!".

A gente não sabe o que a Ruby vai fazer, mas alguma coisa ela vai fazer.

E a gente também sabe que é aí que o episódio vai terminar – bem quando a gente está morrendo de vontade de saber o que vai acontecer. Depois do programa, a Betty fala sobre a história de detetive que ela quer que a gente escreva.

Ainda não tenho certeza se eu consigo escrever, mas

a Betty pede a opinião da mãe dela, a Cecília, que é escritora profissional.
Ela pergunta, "Cecília, você acha que eu e a Clarice somos capazes de escrever um livro?".
E a Cecília, "Claro, qualquer um pode escrever um livro. O problema é escrever um bom livro".
E a Betty, "E você acha que a gente seria capaz de escrever um bom livro?".
E a Cecília, "Sim, contanto que vocês tenham alguma coisa para dizer, e uma maneira interessante de dizer".
E a Betty, "Quer dizer que sim! Nós duas temos um monte de coisas para dizer, um montão! Cada uma sempre acha interessante o que a outra diz, então tenho certeza que os outros vão achar também".

No caminho para casa vou pensando no que a Cecília falou sobre escrever. E é verdade, eu *tenho* coisas para dizer, apesar de que nada de interessante acontece na minha vida.
E ainda pensando em escrever acho que minha

ortografia deve estar melhorando, com tanta leitura de dicionário. É o que eu mais tenho feito – principalmente porque não quero passar vergonha na frente da escola inteira nessa tal maratona.
A Ruby Redfort sempre diz, "Se você concentrar sua mente, você consegue fazer qualquer coisa". É isso que eu gosto na Ruby – ela sempre experimenta fazer todo tipo de coisa. Tudo vale uma tentativa. Ela não tem medo de tentar, tem uma boa cabeça, corre muito depressa, e mesmo assim parece menina e tudo o mais, e é superbonita, mas também engraçada – mas não como aquelas meninas que vão no Tudo Verde e acham o Edu hilário.
Se a Ruby Redfort entrasse no Tudo Verde, o Edu ia rir das tiradas dela, aposto com você.
Estou voltando para casa e no caminho passo ao lado do muro da escola, e estou absolutamente absorvida pelos meus pensamentos quando escuto um barulho estranhíssimo.

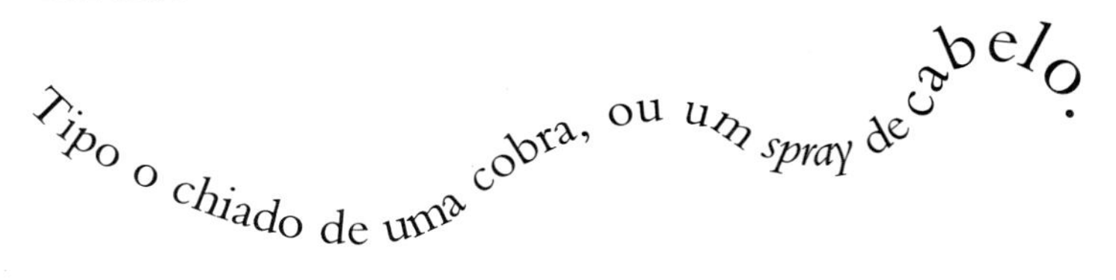

É um chiado que vem do outro lado do muro da escola.
Alguém deve estar lá no pátio – mas por quê?
E o que essa pessoa está fazendo lá?
E como ela entrou lá no pátio?
Vou escrever isso tudo mais tarde – agora não dá tempo de pegar a chave e abrir meu caderno de anotações, e não quero perder nada do que está rolando.
Quero mesmo saber que barulhinho é esse. Resolvo subir no muro, enfiando o pé em alguns tijolos meio saltados para fora. Consigo me agarrar no alto do muro e tento me erguer para olhar do outro lado, mas meu pé escorrega, eu arranho o joelho no muro, entro em pânico, e na confusão solto meu caderno e ele cai do outro lado.
Daí não escuto mais nada, só silêncio. Em seguida um barulho metálico, tipo assim um pedaço de metal ou uma lata batendo no chão.
Daí escuto alguém correndo – quer dizer, não era nenhuma cobra, isso com certeza.
Olho meu joelho – quase foi cortado fora, está sangrando muito. Vou ter que voltar para casa

arrastando a perna, porque não tenho nenhum *walkie-talkie* para pedir ajuda, e nenhum Hitch para vir me buscar de limusine.
Pois é, nunca vou saber quem estava no pátio da escola, nem o que estava fazendo ali, com aquele barulhinho chiado.
A menos que eu encontre alguma pista amanhã.
Mas não posso anotar tudo isso, porque não tenho mais o meu caderno de anotações.

Às vezes quando a gente precisa que as coisas melhorem elas pioram

É claro que no dia seguinte vou voando para a escola, porque quero salvar meu caderno antes que alguém encontre. Apesar de que tenho a chavinha pendurada no pescoço, bem segura, não quero arriscar e deixar que alguém me roube o caderno – que é o tipo de coisa que todo mundo ia querer. É uma tentação.

O problema é que quando eu tento chegar até o pátio, nos fundos, encontro o portão trancado, e me lembro do seu Etelvino – bem que ele avisou que o pátio ia fechar para reformas. Assim, não tem jeito – preciso esperar. Quem sabe nunca mais vou ver meu caderno de anotações da Ruby. Quem sabe…

Depois do almoço tudo piora ainda mais e acontece uma coisa realmente péssima.
Tudo começa com a dona Clotilde dizendo, “Espero que todos vocês tenham se lembrado de trazer sua lição de casa: ‘Meu fim de semana’ – porque vamos passar pela classe e todos vão ler alto sua redação”.
Ela diz isso olhando fixo para o Carlinhos, com aqueles olhinhos bem redondinhos.
O Carlinhos está lá sentado de braços cruzados.
Ainda nem abriu a mochila.
Dona Clotilde chega perto dele: “Vamos logo com isso, Carlos”.
E ele, “Não”.
Ela pergunta, “Posso saber por que você se acha tão especial?”.
“Por nada.”
“Pois muito bem, vamos começar por você.”
“Só que eu não vou ler nada, porque não escrevi nada.”
“Espero sinceramente que eu esteja ouvindo errado, pois pedi a vocês todos, bem claramente, que escrevessem essa redação. Sem mas nem porém.”
“A senhora não pode me obrigar a escrever sobre a

minha vida particular. Não vou escrever e pronto".
"Você vai fazer o que eu mando, mocinho!"
E o Carlinhos,

"Eu NÃO vou falar da minha vida particular para a senhora, então pode PARAR de ser intrometida, eu odeio a senhora e ODEIO esta escola!".

Daí o Carlinhos simplesmente surtou, pirou – começou a jogar no chão tudo que tinha na mesa dele, atirou a cadeira dele lá do outro lado da sala, berrando sem parar.
O resto da classe está quietinho, e a dona Clotilde fica muito pálida, até tremendo um pouco, e diz, "Pare com isso imediatamente, Carlos!" – mas não fala muito alto, parece que está em estado de choque.
E o Carlinhos está puxando seu próprio cabelo e gritando sem parar, "Ninguém tem que saber nada da minha vida particular, ninguém! Sou eu que resolvo

quem sabe das minhas coisas. É problema meu e de mais ninguém!".
E a dona Clotilde entra em pânico, sai correndo da sala e volta dali a um minuto com o prof. Washington.
O professor entra calmamente e diz, "Ei, Carlos, vamos lá fora um minuto?". E o Carlinhos sossega e para de gritar – assim, num estalar de dedos.
Só olha para o professor, faz que sim com a cabeça e vai saindo. E o prof. Washington diz para a dona Clotilde, "Pode deixar que eu cuido disso".
E a dona Clotilde fica quieta. Acho que ela nem sabe o que dizer.
E quando os dois saem ninguém diz uma palavra.
Um pouco depois, seu Tomás, o diretor, entra e pergunta, "Alguém aqui sabe qual foi a causa de tudo isso?". Eu não digo nada. Estou tentando ficar de boca fechada, apesar de que eu sei muito bem o que foi que deixou o Carlinhos tão nervoso. Como ele me falou para não contar, eu não conto. Mas meio que gostaria de ter contado.
Porque, pensando bem, como alguém vai poder ajudar se ninguém contar qual é o problema?

Algumas coisas são verdade, mas não são a pura verdade

O Carlinhos recebeu mais uma advertência do diretor – a última e final.
Ele não vai ter mais nenhuma chance.
Apesar de que o prof. Washington fez de tudo.
Sei disso porque escutei a dona Marta, secretária da escola, conversando com a dona Clotilde.
Quer dizer, basta dar mais uma mancada e o Carlinhos vai ter que sair da nossa escola. Isso me deixa triste – mesmo agora que ele resolveu não ser mais meu amigo, acho que a escola não vai ser a mesma sem ele.

Quando volto para casa, corro para ligar a televisão.
Estou sentada assistindo a Ruby Redfort.

Daqui a pouco é a hora do jantar e estou **famélica** – com muita fome. Minha barriga está roncando tanto que se eu estivesse escondida atrás de uma cerca espionando alguém ia ser pega num instante, só por esse barulho.

É por isso que a Ruby sempre leva uns biscoitos especiais na mochila, desses que são "altamente nutritivos e valem por uma refeição" – pelo menos é o que diz o anúncio. Já vi esses biscoitos aqui no nosso supermercado, mas a mamãe quase nunca compra – ela diz que são um lixo, pura propaganda, e que no fundo a gente está pagando só pela caixa. Só que eu adoro a caixa – aliás é o que eu mais gosto nesses biscoitos. Qualquer coisa que tenha uma foto da Ruby Redfort eu quero comprar.

Esse episódio se chama

AGUENTA FIRME, CARA!

Ruby entrou numa tremenda fria ao tentar salvar o Clancy Crew. O Conde Visconde soltou os cachorros para cima dela, e o pior – a bicicleta superespecial da Ruby, com uns foguetinhos atrás,

está com o pneu furado, daí ela joga a bicicleta de lado e foge, correndo como uma maluca.
E apesar de que a Ruby é campeã de corrida da escola dela será que ela consegue correr mais que um cachorro?
A resposta é não – acho que ninguém consegue. A não ser um daqueles cachorrinhos bassê, tipo salsicha. ❀

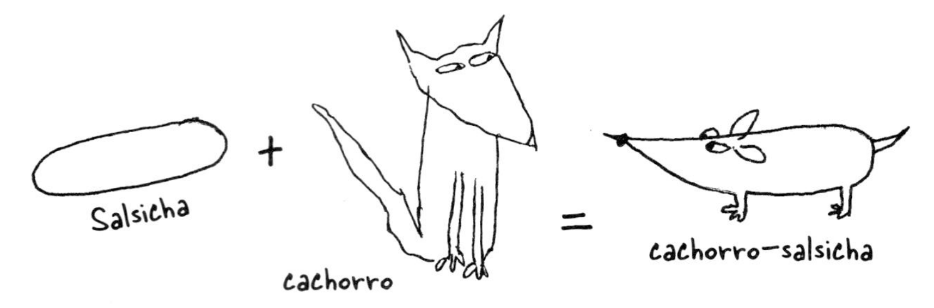

E não adianta se esconder de um cachorro, porque você sabe como são os cachorros...
Eles têm um faro sensacional – pelo cheiro eles te encontram em qualquer lugar, mesmo que você esteja correndo, mesmo debaixo da água.
Se você quiser ser mais esperto que o cachorro, pelo que diz o Carlinhos, precisa confundir o faro dele

❀ **Cachorro-salsicha** (o nome certo é *Dachshund*, ou bassê) – parece uma salsicha com quatro patas. Tem bom faro, mas menos personalidade que os outros cachorros.

com vários cheiros diferentes – assim ele não sabe mais o que procurar. Mas isso é bem difícil de fazer. Por sorte a Ruby sabe desse truque, e trouxe um par de meias dela, bem fedidas, que ela coloca nos dois pés de um cervo que chega perto dela. E naturalmente os cachorros perseguem o cervo, pensando que é a Ruby. Daí ela pega seu tubinho de *spray* desodorizante superespecial e borrifa no corpo todo – isso dissolve todo o cheiro natural dela, e ainda lhe dá um cheirinho de mato, que se mistura com a vegetação em volta. Percebe o que eu quero dizer quando falo de ideias incríveis? É o tipo da coisa que nunca ia me ocorrer.

Daí ela diz, "Aqui, seus trouxas, podem cheirar à vontade!".

Eu adoro assistir a Ruby Redfort porque eu viajo na história. Quase sinto que eu sou ela.

E daí me pego dizendo coisas assim, "Cara, que xaropada!". Ela tem um jeito incrível de falar, e eu estou tentando aperfeiçoar, falar igualzinho a ela.

Outro dia quando voltei da casa da Betty, entrei em casa e vi meu pai lendo o jornal, de óculos, mamãe fazendo tricô e o Miguel montando uma pirâmide de rolos de papel higiênico. Daí eu falei, "Câmbio, central de operações!".

E o papai levantou os olhos do jornal, franziu a sobrancelha direita e disse, "Bom trabalho, GAROTA!".

E eu, "Não sabia que você sabia essa frase do Hitch".

E o papai, "Pois é, GAROTA, todo dia a gente aprende uma COISA NOVA!". Que é exatamente o que o Hitch diria.

Daí eu falei, "Muito maneiro!" – que é o que o Clancy Crew diria.

E a mamãe, "Que louco, figurinha!".

Que é exatamente o que a Ruby Redfort diria.

E o Miguel perguntou. "Ei, do que vocês estão falando?".

Que é exatamente o que eu já esperava daquele vermezinho.

Bem, estou assistindo a Ruby Redfort mas nos comerciais fico de orelha em pé tentando captar alguma informação interessante lá em casa. Às vezes a gente fica sabendo de coisas ultrassecretas quando vê televisão, porque ninguém imagina que a gente está prestando atenção nas conversas.

Escuto o vovô lá na cozinha, falando com o nosso cachorro: "Ei, Cimento, que tal um pedação de carne? Aposto que você ia adorar, hein, garotão? Olha, vou cortar um pedacinho de cada bife, e ninguém vai perceber. Vamos fazer o seguinte: se você não contar para ninguém, eu também não conto!".

Daí escuto o som de um cachorrão engolindo e uns passos arrastando os chinelos.

Volto a assistir os comerciais – tem um anúncio do macarrão da Ruby. É um espaguete com os fios em forma de palavras, dessas que a Ruby sempre usa, tipo assim "maneiro", "louco" e "xarope".

Sabe, às vezes o Hitch, mordomo da Ruby, escreve informações supersecretas no macarrão. Mas os pais dela nem ficam **ressabiados** – *desconfiados* – da vida dupla dela, de agente secreta.

No jantar a mamãe diz, "Faz tempo que o Carlinhos não aparece por aqui. Como vai ele?".

E eu digo, "Arranjou mais encrencas. O diretor falou que talvez precise pedir para ele sair da nossa escola, porque ele já fez tudo que podia, mas se

o Carlinhos insistir em se comportar mal, sem dar explicações, ele vai mesmo falar com a mãe dele, e pedir para ela tirar o Carlinhos. Ele falou que detestaria fazer isso, mas precisa pensar também nos outros alunos, no bem de todos, mas que é uma pena mesmo – foi isso que eu ouvi a dona Marta, a secretária da escola, falar para a dona Clotilde, que foi isso que o seu Tomás falou para o Carlos".
E a mamãe, "Puxa, você bem que presta atenção quando quer!".
"Bom, é que é o tipo da informação que me interessa."
"E o que você acha que devia acontecer?"
"Bom, é uma situação difícil para o diretor, porque o Carlinhos não quer falar com ninguém, então ninguém sabe dos problemas dele."
"E quais são os problemas dele?"
"O Carlos não quer que eu conte para ninguém."
"Ah! Estou percebendo o problema."
Quando a mamãe serve os bifes ela comenta, "Que engraçado, eles parecem muito menores agora do que quando eu comprei no açougue". Daí eu reparo que o vovô faz uma cara assim de velhinho bonzinho e meio fora do ar, bem diferente de alguém que deu

o nosso jantar para o cachorro. Mas não falo nada, porque não gosto de delatores, quer dizer, pessoas que contam o que os outros fazem – tipo assim "dedo--duro". Se eu resolvesse delatar, ia arranjar encrenca para o vovô, e eu gosto do vovô, apesar de que o meu bife acabou do tamanho de um amendoim.

Uma das regras da Ruby Redfort diz: **O AZAR DE ALGUÉM PODE SER A SUA SORTE**. E acho que ela tem razão.

Hoje de manhã fui para a escola e fiquei de orelha na conversa dos outros. Pena que não deu para anotar no meu caderno da Ruby.

Escutei a Suzy Woo dizendo para a Brigitte que ela ouviu a Cíntia dizer que a mãe da Graça Grapello telefonou para dizer que a mãe da Cíntia não precisava passar para pegar a filha dela. Parece que ontem veio uma ambulância buscar a Graça – ela estava treinando os números de dança de **A NOVIÇA REBELDE**, escorregou, quebrou o tornozelo e está de muletas.

É claro que isso me faz pensar um bocado, porque não falta muito para a apresentação. Será que vai dar tempo do tornozelo da Graça sarar?

E se não der quem vai fazer o papel de Liesl?

E adivinhe quem sabe o papel inteiro de cor?
Chegando na minha sala de aula passo pelo Carlinhos no corredor, mas ele nem me olha, e passa o dia todo de boca fechada.
Mais tarde na aula, fico esperando que a dona Clotilde nos dê a notícia, mas ela não fala nada, e no fim sou obrigada a perguntar, porque tenho que saber de qualquer maneira.
"Dona Clotilde, agora que a Graça torceu o tornozelo e está andando de muletas, quem a senhora acha que vai fazer o papel de Liesl?"
"Bem, depende. Tem que ser alguém que sabe o papel, não é?"
E eu, "Mas dona Clotilde, eu sei o papel".
Falo isso porque sei mesmo – venho estudando esse papel que nem louca, já que o prof. Washington disse que aprender um texto de cor é um bom exercício para a memória.
E a dona Clotilde fica toda incomodada e sem jeito, assim meio se remexendo, e diz, "Bem, não vamos discutir esse assunto agora, porque ainda não sabemos se a Graça vai poder representar ou não".
E a Betty, "Mas, dona Clotilde, leva pelo menos de seis

a oito semanas para sarar um tornozelo quebrado. Não vai dar tempo para a Graça ficar boa antes da peça, e ela precisa dos dois tornozelos para fazer o papel de Liesl. Não dá para representar esse papel num pé só – tem vários números de dança, com pulos e tudo o mais".
E a dona Clotilde, "Quem vai julgar se o tornozelo dessa ou daquela pessoa serve ou não serve para o papel SOU EU, ouviu, mocinha? E muito obrigada pelo palpite!".

Mais tarde, em casa, pensando na dona Clotilde descubro que xereta é com **X**, mas chata é com **CH**.
Daí a campainha toca e o vovô atende – é o Carlinhos, que veio buscar o vovô e o Cimento para o treino.
Escuto o vovô dizer, "A Clarice está em casa – vamos chamá-la para vir junto?".
E o Carlinhos, "Não, é melhor não ter tanta gente na aula, isso distrai o cachorro".
E talvez até seja um pouco verdade, mas não é a pura verdade.

Será que mentir pode ser uma coisa boa?

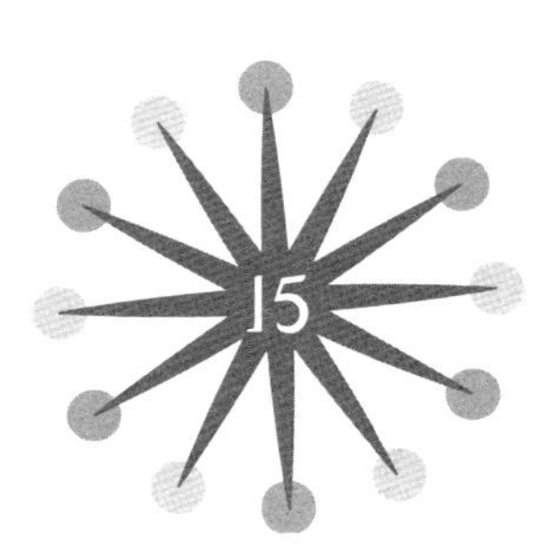

O prof. Washington incentivou a gente a escrever os principais acontecimentos da nossa vida. Ele diz que para uma leitura ser interessante não precisa ter grandes fatos. Às vezes o mais fascinante são os pequenos detalhes do dia a dia.
Quem sabe ele tem razão.
Eu digo, "Bom, professor, em relação ao dia a dia, na minha família a conversa que rola de manhã em geral é assim,
'Socorro! Roubaram meu sapato!'
'Mãe, o Miguel está comendo um inseto!'
'Pai, o gato caiu na privada!'
O papai nem piscou nesse dia. Só disse assim, 'Insetos são um alimento muito nutritivo'".

E o prof. Washington, "Essa resposta do seu pai mostra bem que tipo de pessoa ele é, não é mesmo?".
"Sim – o tipo da pessoa que não quer pescar um gato que caiu na privada."
E o professor, "É verdade, mas também mostra que é um tipo imperturbável – quer dizer, não vai deixar um simples insetinho tirar a calma dele. Aposto que ele é ótimo nas emergências".
É verdade. Quando o vovô se trancou no banheiro sem querer, o papai ficou totalmente calmo e ligou para o tio Ted, que é bombeiro e especialista em salvar gente trancada no banheiro.
E apesar de que o tio Ted levou uns bons 42 minutos para arrombar o banheiro o papai disse que não tinha nenhum problema, porque o vovô estava preso no melhor lugar possível para quem tem a bexiga fraca.
O papai até pegou a escada e passou uns biscoitinhos para o vovô por aquela janelinha lá em cima.
Então você está vendo, o prof. Washington tem razão – o papai não se perturba facilmente. É o tal tipo imperturbável.
Estou escrevendo tudo isso porque o prof. Washington me fez perceber que esse fato é muito mais

interessante do que eu tinha pensado, e pode cair muito bem numa história.
Reparo que o Carlinhos não está escrevendo nada. E já estou ficando nervosa, com medo de que ele repita aquela cena do outro dia.
O professor pergunta, "O que acontece, Carlos?".
"Acontece que eu não vou escrever nada sobre a minha vida particular."
E a classe inteira fica em silêncio.
Mas o prof. Washington diz, "Sem problema, Carlos, então invente alguma coisa. Escreva sobre a vida particular que você gostaria de ter. Eu não sei de nada sobre você. Se você me dissesse que veio do planeta Zut, eu ia acreditar".
E o Carlinhos, "Não existe nenhum planeta Zut". ❀
E o professor, "Está vendo? Mais uma coisa que eu não sabia. Todo dia a gente aprende alguma coisa nova".
O Carlinhos gostou da ideia e acabou escrevendo uma história muito legal. Depois o prof. Washington lê alto para a classe toda, como exemplo de boa

❀ **Zut** – não há nenhum planeta com esse nome, mas existem outros, como Mercúrio, Vênus, Terra, Marte, Júpiter, Saturno, Urano e Netuno.

redação, e noto que o Carlos está tentando disfarçar a cara de satisfação, mas estou vendo muito bem que ele está contente.

A história dele é sobre um cachorro, um velhinho e um garoto que está tentando treinar os dois para terem boas maneiras, mas o velhinho e o cachorro foram hipnotizados por uma mulher malvada, de óculos e patas de rinoceronte. Ela quer dominar o mundo, e o plano dela é fazer todos os cachorros do universo latirem ao mesmo tempo, e assim deixar todo mundo louco.

É uma ideia superlegal, e eu sei que pelo menos uma parte é verdade.

O prof. Washington nos faz uma porção de perguntas sobre a redação do Carlinhos – por que a história é tão boa, e o que cada um gostou mais.

A Suzy Woo diz, "É uma ideia muito inteligente, porque quando tem muito barulho, como uma porção de cachorros latindo, a gente nem consegue pensar direito e também nem escuta os outros falarem. A gente sente, mesmo, que está ficando maluca. E se todo mundo ficasse maluco é claro que uma pessoa podia dominar o mundo".

Tenho vontade de dizer alguma coisa mas estou sem jeito, agora que o Carlinhos não gosta mais de mim, então fico de boca fechada.
O Noé diz que gostou da personagem da mulher horrorosa com patas de rinoceronte, e o Carlinhos não consegue disfarçar um sorrisinho de satisfação.
Que pena que não fui eu que falei isso.

Em casa fico pensando sobre escrever – que a gente pode inventar qualquer coisa, e também usar coisas que realmente aconteceram, mas ao mesmo tempo deixá-las um pouquinho diferentes. Quer dizer, algumas coisas são reais e outras são inventadas – mas quem vai saber qual é qual?
Uma vez eu assisti um filme onde a mulher inventava tudo.
Tudo mesmo.
E as pessoas acreditavam e gostavam dela, quer dizer que tudo bem – isto é, mais ou menos.
Não eram mentiras malvadas, eram só engraçadas.
Ela inventava coisas para ficar parecendo uma pessoa mais interessante.

E um homem se apaixonou por ela porque ela era muito interessante, e apesar de que ela não fazia tudo que ela dizia que fazia, no fim ela era interessante mesmo assim, porque tinha imaginação para inventar tudo aquilo.

Às vezes a pessoa não tem oportunidade de fazer tudo que ela sonha em fazer – mas nem por isso ela deixa de ser uma pessoa fascinante.

Se alguém consegue se imaginar fazendo uma porção de coisas legais, então com certeza deve ser uma pessoa ainda *mais* fascinante, porque está usando a cabeça para criar tudo isso.

Aliás, o verdadeiro assunto do filme é esse: viajar na imaginação. É tipo assim quando a gente tem um sonho e sente que realmente fez aquilo, como ter andado a cavalo mesmo quando isso nunca aconteceu.

Assim, se eu posso contar para alguém sobre aquela vez que eu saí galopando pelas montanhas da Holanda, onde eu nunca fui, então é fascinante, porque eu inventei isso tudo, a partir do nada.

Quando volto para casa, vejo a mamãe na calçada conversando com a vizinha, a dona Célia, e escuto a dona Célia dizer,

“Gostou da nova estátua que eu coloquei no jardim?”.
É um sapo segurando um guarda-chuva.
E a mamãe, “S…sim, Célia, é… é… linda!”.
E eu sei, com toda a certeza, que não é verdade, porque ontem mesmo a mamãe comentou que achava aquele sapo um horror. E quando eu pergunto por que ela falou uma mentira tão grande ela diz, “Às vezes é mais importante não magoar os outros do que falar aquilo que a gente realmente pensa”.
E eu, “Então quer dizer que tudo bem mentir desde que a gente arranje uma boa razão?”.
“Nada disso, não falei que ‘tudo bem’ mentir. Por exemplo, se foi você que acabou com os biscoitos de chocolate, mas você diz que foi o Miguel, essa é uma mentira que não é nada ‘tudo bem’, certo?”
Mas como ela sabe disso???
Enfim, já que os biscoitos acabaram mesmo, tenho que comer uma fatia de pão amanhecido enquanto assisto a outro episódio da Ruby Redfort, chamado

FICA FRIO, CLANCY CREW.

O que acontece é que o Clancy Crew entrou numa enrascada com o sr. Parker, vizinho da Ruby.

O sr. Parker ficou furioso porque apanhou Clancy no jardim, pisando em cima do canteiro de rosas. Ele não sabe, mas o Clancy está instalando uma antena especial de espionagem nesse canteiro. É uma antena disfarçada de mosca – uma ótima ideia! Não sei bem para que serve essa antena, porque o Miguel está dando um escândalo por causa dos biscoitos que acabaram, e não consigo escutar a TV com essa choradeira.

Mas com certeza a antena tem a ver com alguém, em algum lugar, que quer dominar o mundo.

Bom, o fato é que o sr. Parker está possesso, pronto para chamar a polícia e segurando Clancy pela orelha – ai!

Por sorte, a Ruby Redfort entra em cena. Ela finge que está sem fôlego de tanto correr e diz, "Conseguiu pegar, Clancy?".

CLANCY: "Hã...ahnn...?".

Clancy olha para Ruby com o canto do olho, tentando perceber o que ela quer dizer, e o sr. Parker ainda puxando a orelha dele.

SR. PARKER: "Pegar o quê? O que tem aqui no meu quintal para vocês pegarem?".

O sr. Parker está todo confuso, não sabe o que está acontecendo.
RUBY: "Ei, olá, sr. Parker! O Clancy viu uma ratazana gigante entrando aqui no seu canteiro. Meu pai disse que esses ratos acabam com as rosas. Em dois segundos a gente perde todo o trabalho, e lá se vai a chance de ganhar o concurso de rosas. Ainda bem que o Clancy estava por aqui – ele praticamente pulou o muro quando viu a ratazana, não é mesmo Clancy?".
CLANCY: "É... é sim, pois é".
RUBY: "O Clancy odeia essas ratazanas, não é mesmo?".
CLANCY: "Odeio, não suporto".
E todo esse tempo, o sr. Parker está só parado de boca aberta, sem palavras.
RUBY: "E você pegou a ratazana, Clancy?".
Nessas alturas o sr. Parker já engoliu a história direitinho.
SR. PARKER: "Então, você pegou o bicho?".
CLANCY: "Infelizmente ela fugiu ali para o quintal dos Smitherson".
O Sr. Parker odeia os Smitherson, então deu até um sorrisinho de satisfação.

Para fazer tudo isso é preciso ser um bom ator, e esse é o negócio da Ruby Redfort – ela representa superbem. Nesse caso ela mentiu para o sr. Parker para conseguir salvar o Clancy de uma encrenca. É uma das regras da Ruby Redfort: **NUNCA DEIXE UM BOM AMIGO NA MÃO.**

Então – já que é errado mentir para botar alguém numa encrenca, será que é certo mentir para salvar alguém de uma encrenca?

Depois do programa, tenho que fazer a lição de casa do prof. Washington, mas percebo que ultimamente parei de **perscrutar** – *investigar, conhecer* – as palavras do dicionário e não vou ficar muito **perplexa** – *espantada* – se eu descobrir que o meu cérebro não está guardando novas palavras. Então **ponderei** – *pensei* – melhor e resolvi **proceder** – *agir* – com mais disciplina e não **procrastinar** – *adiar* – meus estudos, caso contrário eu vou fazer papel de **parva** – *boba* – no dia da maratona.

Daí decido escrever a minha redação para o prof.

Washington e ao mesmo tempo ficar de olho nas palavras com I – isto é, incluir o máximo possível de palavras interessantes. No mesmo instante fico inspirada com a ideia de inventar coisas da minha imaginação, junto com informações sobre a vida diária.

Daí escrevo uma história sobre uma menina chamada Lili Gruber, que é uma agente secreta superinteligente, apesar de que ainda vai na escola com o cabelo todo embaraçado. Ninguém desconfia das suas atividades secretas, porque ela mora com os pais numa família tipo assim bem normal, com um irmão mais novo muito irritante, que ainda está no jardim da infância.

E ela tem que dividir o quarto com ele, o que é uma grande chateação, porque ele vive interferindo nas investigações dela.

Esse irmão menor vive arrumando encrenca e botando a culpa nela – uma coisa indesculpável, imperdoável.

O avô da Lili Gruber é um velhinho adorável mas meio ingênuo, que tem um hábito incorrigível e incontrolável: ele se tranca no banheiro sem querer e não consegue sair. A irmã da Lili é muito mal-humorada, ignora todo mundo e insiste em ficar pendurada no telefone, falando com alguém na França. A Lili Gruber também tem um irmão mais velho que trabalha numa loja chamada Tudo Azul de comida vegetariana – e o leitor nunca ia imaginar, mas aquela loja não é loja, é só fachada. Na verdade, lá é o quartel central dessa agente secreta que trabalha incógnita, quer dizer, ninguém sabe a sua verdadeira identidade. E o dono da loja, chamado Válter Primo, é o chefão de todo esse esquema.

E essa Lili Gruber tem um estilo de vida ab-so-lu-ta-men-te incrível, irado. Levo muito tempo para escrever, porque preciso ficar consultando as palavras no dicionário.

Mas por fim estou bem satisfeita com a minha história – é superbembolada. Apesar de que, com o esforço para incluir um monte de palavras com **I**, alguns pedaços ficaram meio **incoerentes** – *sem pé nem cabeça*. O que será que o prof. Washington vai achar?

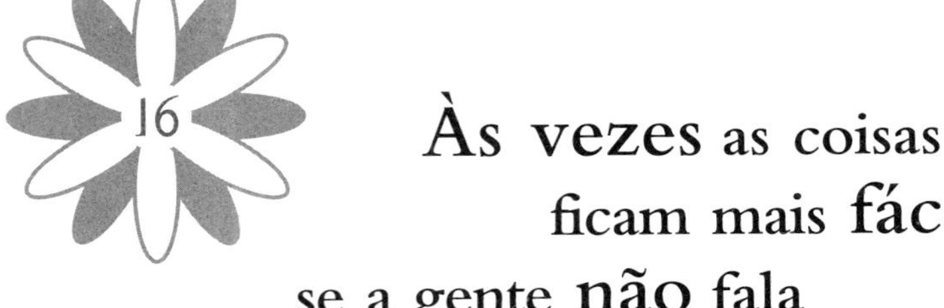

16 Às vezes as coisas ficam mais fáceis se a gente não fala o que pensa

Sabe da maior? Consegui o papel da Liesl!

Foi deste jeito: dona Clotilde chegou para mim e falou, tipo assim como se fosse ideia dela, "Resolvi que você pode fazer o papel da Liesl von Trapp, mas não quero mais saber de mau comportamento. Na primeira resposta insolente você está fora da peça, compreendeu?".

É claro que eu digo "Sim, dona Clotilde", apesar de que eu não concordo com o que ela disse, e nem é justo, porque não tenho sido insolente nem malcomportada.

Mas eu me lembro de uma regra da Ruby Redfort: **"NÃO DISCUTA COM QUEM VAI TE DAR AQUILO QUE VOCÊ QUER. DEIXE A PESSOA PENSAR QUE É ELA QUEM ESTÁ NO COMANDO".**

Mas a própria Ruby não segue muito bem essa regra – ela vive discutindo com os outros.

Na hora do intervalo, o diretor vem dizer que ficou tão impressionado com a redação do Carlinhos para o prof. Washington, e com seus esforços para se comportar um pouco menos mal, que decidiu lhe dar de volta sua antiga função – fazer os efeitos sonoros da nossa peça. O Carlinhos fica hipermegacontentíssimo, porque apesar de ter dito que não ligava a mínima para aquela peça isso não tinha um pingo de verdade. Ele liga, sim, e muito, tanto assim que já teve um trabalhão de juntar uma porção de sons e gravar uma fita com todos eles em sequência, no lugar certo.

Não que ele tenha me dito alguma coisa – a verdade é que ele nunca mais falou comigo nem uma palavra.

Temos que aproveitar a hora do lanche para ensaiar. Agora, sim, estou curtindo o ensaio, porque finalmente eu tenho alguma coisa para dizer.

E me lembro das falas direitinho.

Meu primo Noé está fazendo o papel de Rolf. Para mim tudo bem, não me importo de pegar na mão dele – pelo menos eu sei onde os dedos dele andaram, e não foi dentro do nariz.

Ainda bem que o Rolf, namorado da Liesl, não vai ser o Roberto Sem Alça nem o Tobias. O Roberto está marchando no palco, mas não parece nadinha com a imagem que a gente faz do Capitão Von Trapp. Apesar de que eu tive uma surpresa: ele canta muito bem.
E quando canta tem uma voz muito mais bonita do que quando fala.
Hoje temos que usar nossos figurinos – é o ensaio geral, quer dizer, com tudo em cima. A Suzy esqueceu o avental dela de Maria, e tem que emprestar um da dona Olívia, a copeira, cheio de farelo de torta de maçã.
Quando ela entra em cena, o Carlinhos coloca um som muito legal do vento soprando, porque no início a Maria aparece em cima de uma colina.
Daí a dona Clotilde entra no palco para dar bronca na Alexandra, que está conversando com outra menina. O Carlinhos imediatamente bota para tocar um outro som de "vento", só que dessa vez é um barulho... grosseiro e mal-educado.
E a dona Clotilde, "Carlos, que barulho é esse?".
E ele, "Desculpe, dona Clotilde, saiu sem querer".

E ela fica tão espantada de ouvir o Carlos pedir desculpas que até se esquece de dar bronca nele.
E todo mundo sabe que ele soltou aquele barulho de propósito, só para fazer graça, mas ele se saiu bem usando a regra mais simples da Ruby Redfort: "**ÀS VEZES É UMA BOA IDEIA DIZER 'SINTO MUITO' E PEDIR DESCULPAS, MESMO QUE A GENTE NÃO ESTEJA SENTINDO COISA NENHUMA**".
Estou muito animada com meu figurino. A mamãe fez para mim um vestido bem rodado, ótimo para girar, e meu papel é cheio de giros e rodopios.
Espero que a minha fivela de cabelo da Ruby Redfort, com a mosquinha em cima, chegue essa semana. Seria demais poder usar na peça.
Eu decidi que a Liesl é o tipo da garota que usaria uma fivela de cabelo da Ruby Redfort.
A Czarina diz que é bom colocar alguma coisa da gente mesma na personagem que a gente está representando.
Então essa é a minha ideia da Liesl, do tipo de pessoa que ela é.

Na hora de pegar os casacos, depois da aula, dou um encontrão no Carlinhos. Ele meio que olha para mim, e penso que ele até vai dizer alguma coisa, mas nesse instante o Tobias entra correndo dá um peteleco forte na orelha do Carlinhos e os dois começam a rolar no chão, então vou procurar a Betty.

* * *

Eu e a Betty estamos caminhando para a oficina de teatro, animadíssimas porque falta só uma semana para a peça, e espero não esquecer as minhas falas e acabar parada lá na frente, muda. Isso ia deixar a dona Clotilde mais azeda que limão.
A Czarina disse que às vezes as pessoas esquecem mesmo as falas, mas é só por causa do nervoso.
E de repente aparece a dona Célia.
Ela faz cara feia para nós porque eu e a Betty estamos comendo um pacote de doces. Ofereço um doce para a dona Célia e ela diz, "O açúcar deixa os dentes podres!" – e eu sinto vontade de dizer, "Pelo menos eu tenho dentes para ficarem podres". Mas não falo nada, porque como a mamãe diria, "Isso é falta de educação, e, por mais que ela tenha sido grosseira com você, não há necessidade de descer ao nível dela".

Na oficina de teatro, a Czarina diz que nós vamos fazer umas improvisações, quer dizer, inventar umas coisas na hora. Qualquer coisa que tenha te acontecido hoje, por exemplo, você pode usar e transformar em teatro.

Eu e a Betty bolamos uma cena sobre uma velha bruxa que quer roubar os dentes das criancinhas.

A Czarina disse que isso tem muita profundidade, e que é uma alegoria interessante sobre os adultos que estragam os sonhos da infância.

Não tenho certeza do que quer dizer alegoria, e a Betty também não. Mas quando a Cecília vem buscar a gente ela explica, "É uma história que diz duas coisas ao mesmo tempo: a história em si, e também uma outra mensagem que passa por baixo, meio disfarçada".

Puxa! Não sabia que eu e a Betty éramos tão inteligentes.

É o tipo da coisa que a Ruby Redfort poderia usar – uma história que ela poderia contar em público, mas que tem também um significado secreto, um significado que só o Clancy Crew iria compreender.

Nós contamos para a Cecília que a Czarina tem falado conosco sobre a importância de observar o que os outros

fazem. É uma boa maneira de aprender a profissão.
Eu comento, "Então acho que precisamos ver mais televisão", mas a Cecília responde, "Acho que a Czarina quis dizer que vocês devem observar como as pessoas se comportam no dia a dia".
Talvez ela tenha razão, mas por segurança, assim que eu chego em casa, ligo a televisão. É um episódio da Ruby Redfort chamado

ESTOU DE OLHO EM VOCÊ, GAROTA.

Eu já vi esse, não é dos melhores. É aquele que a Ruby descobre que o malvado Conde Visconde conseguiu uns óculos especiais de raio X e está lendo os documentos e cartas secretas de todo mundo, sem precisar tirar os papéis de dentro do envelope. O que ele quer é dominar o mundo – claro.
Tudo isso é meio exagerado, mas mesmo assim continuo grudada no sofá. Infelizmente, bem no melhor pedaço a mamãe diz, "Clarice, será que você daria um pulinho no Tudo Verde para mim?".
Valdo Prado telefonou dizendo que a mamãe deixou lá um saco de compras. Ela não pegou porque o Miguel teve um ataque histérico no meio da loja, e a

mamãe diz que passou a maior vergonha. Ela falou pra ele, "Da próxima vez que você fizer isso, eu também vou fazer – vamos ver se você vai gostar".
Minha resposta sincera seria "Não, não quero ir ao Tudo Verde e perder o meu programa favorito".
Só que a pergunta dela não foi bem uma pergunta.
Então, tenho que ir.

Meu caminho passa pelo parque, e vejo o vovô e o Cimento treinando com o Carlinhos. Ele já conseguiu melhorar muito o comportamento deles.
É incrível como os dois estão bonzinhos com ele.
Alguma coisa de bom ele conseguiu passar.
É tipo assim o que aconteceu com o Carlinhos e o prof. Washington.
Quando eles me veem, o vovô me dá tchau e o Cimento late para mim, mas só uma vez, porque o Carlinhos faz um sinal especial para ele, que quer dizer "não latir".
E eu fico esperando para ver o Carlinhos fazer a famosa imitação dele, da dona Clotilde andando com quatro patas. Mas ele não faz.

Às vezes a gente se pega fazendo coisas que a gente nunca imaginaria fazer

17

Quando chego na escola, uma surpresa: os pedreiros já foram embora e finalmente posso entrar no pátio e salvar meu caderno da Ruby, que deixei cair por cima do muro na semana passada.
Agora estou histérica, porque o caderno tem todas as minhas anotações secretas. E ainda bem que tivemos uma semana seca, porque se tivesse chovido o caderno ia ficar ensopado. E ainda bem que o caderno tem cadeado e chave, se não alguém poderia ler todas as minhas coisas particulares.
Viro a esquina e vejo que eles já retiraram os equipamentos e acabaram de fazer todos os consertos. Vejo meu caderno da Ruby ainda jogado ali no chão. Mas também vejo uma outra coisa.

Alguém pichou a parede inteira do pátio com *spray* vermelho. Está escrito em letras enormes:

ESTA ESCOLA
É
UM LIXO

e em seguida uma coisa muito grosseira sobre a dona Clotilde, que ela não vai gostar nem um pouquinho de ver.

Mas eu noto uma coisa que me faz pensar – uma das palavras está errada:

RINOCERONTE se escreve com C, não com SS.

E no mesmo instante percebo quem escreveu – e é claro que ele vai ser chutado fora da escola, sem mais chances. Porque isso se chama **vandalismo** – *destruição deliberada da propriedade alheia*, quer dizer, estragar as coisas dos outros de propósito.

É uma coisa muito séria, o vandalismo, e pode dar

um belo castigo – especialmente se aquilo que a pessoa escreveu com *spray* é uma tremenda grosseria sobre a dona Clotilde.

Estou ali, olhando para aquelas palavras escritas no muro, e pensando que eu sei muito bem que rinoceronte é com C, e espero que essa palavra apareça na maratona de ortografia, porque todo mundo vai ficar impressionado de me ver soletrar direitinho essa palavra – ri-no-ce-ron-te.

Daí vejo a lata de *spray*, embaixo de um banco. Deve ter rolado para lá e... já sei! É essa a explicação daquele chiado esquisito que eu escutei quando passei pela escola, voltando da casa da Betty.

Daí eu me abaixo e pego a lata.

Está quase vazia. Tento sacudir um pouco, e ela solta um pouco de vermelho na minha mão – e daí de repente a campainha toca e eu volto correndo para a sala de aula, porque não quero me atrasar e levar bronca da dona Clotilde.

Entrando na sala encontro todo mundo falando ao mesmo tempo, feito um bando de papagaios enlouquecidos, porque a peça é na semana que vem e o pessoal está naquela excitação – apesar de que ainda vamos ter a tal maratona na terça-feira – e logo depois vêm as férias.

De repente ouvimos um barulhão e todo mundo congela – é a porta se abrindo com violência, e a dona Clotilde entrando na sala feito uma tempestade, quase sem encostar os pés no chão.

E ela fala, numa voz bem grave e profunda, que nem parece voz de gente,

"Minha paciência se ESGOTOU,
já estou até aqui,
já cheguei no LIMITE,
não AGUENTO mais!
Isto é o FIM,
é o cúmulo do insulto!
Posso saber quem é o dono
deste caderno?"

E ela levanta o braço bem alto, segurando na mão, lá em cima, o caderno da Ruby Redfort.

E eu penso, por que será que a dona Clotilde tem um caderno da Ruby Redfort? Igualzinho ao meu, com cadeado e tudo.

Daí eu percebo que aquele é o meu caderno, que eu devo ter esquecido de pegar quando voltei correndo do pátio.

E a dona Clotilde,

"Bem, se ninguém sabe
de QUEM é este caderno,
então talvez alguém saiba
QUEM pichou aquela
coisa infame
no muro da escola".

E olha fixo para o Carlinhos, e ele olha fixo para ela, sem piscar, e sem abrir a boca. Vejo os lábios dele bem apertados.

E estou em pânico, porque não acontece mais nada, ninguém diz mais nada, e isso se prolonga por vários minutos, ou pelo menos me parece.

E a dona Clotilde diz,

"Bem, seja lá quem for, a PESSOA
que pichou essa ofensa abominável
NÃO SABE
escrever a palavra rinoceronte".

E eu olho para o Carlinhos,
e ele olha para mim.

E de repente a dona Clotilde está olhando
para a minha mão,
que está meio levantada, sei lá por quê.
E aí escuto minha própria voz dizendo,
"Fui eu."
E a dona Clotilde bate meu caderno da Ruby
Redfort com toda a força na mesa dela e diz,
"Estou vendo que foi você,
Clarice Bean,
e a prova está na SUA MÃO!"
e eu olho para a minha mão e é verdade – está toda
manchada de vermelho de modo que qualquer um
iria pensar que fui eu.
E a dona Clotilde,
"Bem, reconheço que ESTOU surpresa.
Pensei que uma pichação
assim grotesca
fosse obra do senhor Carlos Zucchini.
Mas NÃO me surpreende,
dona Clarice Bean,
ver que a senhorita não sabe nem
sequer escrever corretamente a palavra
RINOCERONTE".

Com o canto do olho vejo o Carlinhos, que está de olhos arregalados, tentando chamar minha atenção, mas eu nem olho para ele.
E a dona Clotilde continua,

"Pois MUITO BEM, mocinha,
seus pais vão ficar sabendo de tudo
isso, e pode esquecer de
fazer o papel de Liesl na peça
da escola.
Aliás, ESQUEÇA
que a nossa peça existe".

Era de se esperar, claro. Se você diz que foi você que fez uma coisa errada – que aliás você nem fez – isso vai estragar a sua vida inteira. E pelo jeito é o que está acontecendo com a minha vida.

* * *

Tenho que ir direto para a sala do diretor e "explicar as minhas ações", mas não consigo explicar nada – claro, pois não fiz nada daquilo. Isso deixa o seu Tomás ainda mais aborrecido.

Ele pergunta, "É verdade que você odeia a escola?".
E eu me sinto meio mal, porque ele parece triste com isso, mas minha única resposta é dar de ombros.
E ele, "Pensei que você se sentiria à vontade para vir me dizer que alguma coisa estava errada".
Mas eu não falo nada.
E ele, "Estou muito decepcionado com você, Clarice Bean. Não é bonito escrever coisas desagradáveis sobre os outros, nem é boa educação pichar os muros. E menos ainda agora que estamos tentando melhorar a nossa escola, deixá-la em boas condições. Vou ter que combinar com o seu Etelvino para você voltar durante as férias e limpar aquilo tudo".
Daí ele abana a cabeça e diz, "Liguei para os seus pais. Você vai para casa direto. Não tenho mais nada a dizer".
E nem levanta os olhos para mim, nem diz até logo, nem nada, só começa a escrever numas folhas de papel.
Naturalmente, sinto vontade de dizer, "Seu Tomás, não fui eu", mas isso seria péssimo – o que aconteceria com o Carlinhos?
Justo agora que as coisas estão melhorando para ele, ser chutado fora?

Assim, fico de boca fechada – aliás, como todo mundo sempre me manda fazer.
Pena que não fiquei de boca fechada meia hora atrás.
Mas é como a Ruby Redfort sempre diz, "Tem coisas que a gente simplesmente tem que fazer, não tem jeito".
Estou pensando nisso na saída da escola, então dou uma chegada no pátio dos fundos, apanho a lata de *spray* e
nem sei por quê,
mas não posso evitar.
Escrevo com *spray* um **C**
em cima dos **SS** na palavra
rinoceronte.

Daí olho a pichação e fico contente:
finalmente uma palavra que eu sei escrever direitinho.
É como a Ruby Redfort diria, "Às vezes a gente tem que acertar em alguma coisa".

Chego em casa e a mamãe e o papai estão sentados, quietos.

Não gosto quando eles ficam em silêncio, porque isso quer dizer que estão muito aborrecidos – não só um pouquinho zangados, mas realmente até a tampa. E o pior – a mamãe também está nervosa e preocupada.
Vejo isso bem claro no rosto dela.
Ela diz, "Clarice, isso que você fez não foi nada bonito. Pensei que nós tínhamos dado a você um pouco de educação, pelo menos melhor que isso".
Papai não diz nada.
Eu não digo nada.
Mamãe diz, "Mas o que te passou pela cabeça?".
Eu dou de ombros, porque sinceramente não sei.
E a mamãe, "Nem sei o que dizer. Não tenho palavras".
Eu também não.
Daí ela diz, "Isso é o tipo de coisa que o Carlinhos faria".
E eu fico meio sem graça, porque, como eu já disse, minha mãe é ótima para ler os pensamentos da gente.
Respiro fundo e espero que ela veja que eu contei uma grande mentira. Mas é incrível – ela não percebe.

Deve ser porque eu virei tão boa atriz, e estou representando tão bem o papel de uma pessoa culpada, alguém capaz de pichar o muro da escola, que minha mãe cai direitinho.
Ela só diz, "Eu e seu pai estávamos tão ansiosos para ver você no teatro. Eu sei o quanto você queria participar dessa peça – e agora você jogou fora a sua chance".
E eu não dou um pio, porque, como diria a Ruby Redfort, "Às vezes a gente tem que saber ficar de boca bem fechada".

Às vezes a gente tem que deixar a pessoa ficar zangada, até ela parar de ficar zangada

18

Fui suspensa da última semana de aulas, de castigo. Mas tenho que voltar lá na escola no dia seguinte para buscar minhas coisas e trazer para casa, pois daqui a pouco a escola vai fechar para as férias de verão.

Mamãe vem comigo, mas fica esperando no pátio. Não quero que ela entre na escola.

A primeira pessoa que eu trombo pela frente é o Roberto Sem Alça:

"Alô, Clarice, é uma pena que você entrou nessa fria e não pode mais participar da **NOVIÇA REBELDE**. Puxa, você tinha um dos papéis principais. Eu achei que você estava muito legal nesse papel. E acho que a peça vai ser ótima".

E eu, "Duvido muito. **A Noviça Rebelde** é uma uma porcaria supermegaidiota".
E não deixo ele perceber que estou decepcionadíssima, que vou perder aquilo que eu mais queria fazer.
Bom, pelo menos não tenho mais que participar da maratona de ortografia.
Daí eu penso que não deixa de ser engraçado: a única palavra que eu aprendi a escrever direitinho, com toda a segurança, acabou me causando um problema.
Porque se eu não soubesse escrever *rinoceronte* eu não perceberia que o Carlinhos escreveu errado na aula.
E daí eu nunca saberia que foi ele quem escreveu no muro.
E se eu não soubesse que foi ele não teria me acusado no lugar dele.
E se eu não tivesse me acusado no lugar dele eu não estaria agora nessa tremenda fria.
Isso prova aquilo que eu sempre achei: esse negócio de ortografia só serve para criar problema para todo mundo.
Tenho que pegar o dever de casa para as férias, e encontro a dona Clotilde – bom, você já imagina como ela está.

Não me recebeu com flores.
Daí vou procurar o prof. Washington para me despedir. Ele vai voltar para Trinidad. Está sentado na mesa dele, lendo alguma coisa.
Quando eu entro ele me olha e diz, "Alô, CB, como vai você hoje?".
Como se nada tivesse acontecido.
E eu, "Ah... tudo bem", meio que dando de ombros, porque as coisas não vão nada bem.
E ele, "Pois é, eu sei". Daí ele diz, "Mas o que eu quero dizer é que eu li a sua história e achei muito boa. Você pega as pessoas perfeitamente. Até parece que você tomou nota direitinho de tudo que elas dizem. Acho que algum dia você ainda vai se tornar uma excelente escritora".
E eu digo, "Mas professor, eu nem sei *escrever* direito a palavra excelente! Como posso ser uma *excelente* escritora se eu nem sei *escrever* excelente?".
E ele, "Não é a ortografia que faz de alguém um escritor. O que importa é ter alguma coisa interessante para dizer – e, sabe de uma coisa, você é uma pessoa que sempre tem alguma coisa

interessante para dizer. E outra coisa, **CB**, valeu a pena estudar, você está com um vocabulário maravilhoso".

Daí ele me dá um tapinha nas costas e diz, "Isso tudo vai passar. Aproveite as férias, divirta-se!".

E eu, "Prof. Washington, eu queria dizer que acho o senhor um ótimo professor, e a Betty também acha, e eu gostei muito das suas aulas, aprendi muito, e desejo boas férias para o senhor também".

"Ok, **CB**, para mim essas palavras têm muito valor. É superultralegalzérrimo você dizer isso."

Eu me despeço do professor e vou pegar as minhas coisas no armário. Quando chego lá vejo o Carlinhos me esperando.

E eu, "Você está perdendo aula! Você vai levar bronca!".

Ele dá de ombros e diz, "Foi legal você não me acusar, valeu! Desculpe eu ter parado de conversar com você, e falar que não sou mais seu amigo".

E eu digo, "Falou, garoto, não precisa agradecer", porque é exatamente o que a Ruby Redfort diria.

Daí ele dispara pelo corredor, e antes de entrar na

sala de aula faz aquela imitação da dona Clotilde andando de quatro patas. Daí desaparece. Fecho o meu armário e vou embora.

patas

❋ ❋ ❋

Fico proibida de encontrar a Betty uma semana inteira, mas a mamãe diz que eu posso falar com ela por telefone. Então mais tarde dou uma ligada, e ela me conta que a Graça Grapello ganhou a maratona de ortografia. E ela acha que eles deram para a Graça as palavras mais fáceis, porque estavam com pena de vê-la de muletas.
E eu, "Não me surpreende nada".
E a Betty, "Quem tinha que ganhar é o Carlinhos. Ele conseguiu soletrar *onomatopeia*.❋ Imagine, quem ia acertar essa?".
"Pois é, *onomatopeia* é difícil. Acho que eu acabaria soletrando *centopeia*!"
"Mudando de assunto, Clarice, eu sei que não foi você que fez aquilo, e foi muito legal da sua parte

❋ **Onomatopeia** é uma palavra que parece um som ou barulho – por exemplo, clique, tique-taque, tchibum.

não acusar o Carlinhos. Ele disse que nunca ninguém o defendeu dessa maneira."

E eu digo, "Mas a Ruby Redfort nunca acusaria o Clancy. Eu só fiz aquilo que a Ruby faria".

E a Betty, "É isso aí, **CB**!".

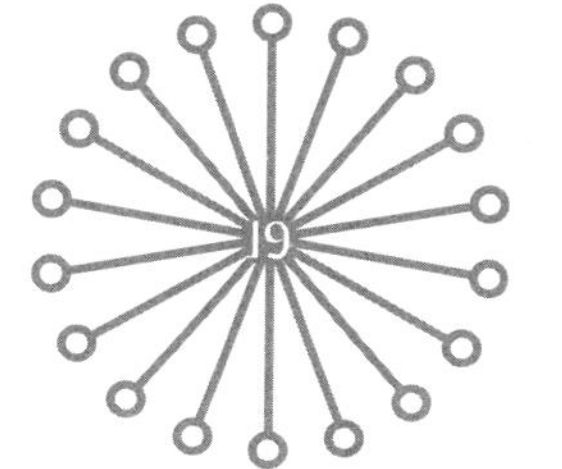

Certas coisas são difíceis de acreditar, mesmo quando são totalmente verdadeiras

Não me deixaram nem assistir a peça, porque estou suspensa da escola e cortada fora de todas as atividades. Eles querem que eu fique em casa de mau humor, pensando nas coisas erradas que eu fiz, e tentando não me divertir nem um pouquinho. Mamãe está com um pouco de pena de mim – e o papai com um pouco de pena dele mesmo, porque tinha esperanças de faltar no trabalho para me ver representar, mas agora ele não tem mais essa desculpa. Uma coisa legal que aconteceu hoje é que finalmente chegou minha fivela de cabelo da Ruby Redfort. Gostei muito – valeu a pena mandar dez pratas, mais seis vales das caixas de

macarrão. Mesmo assim não estou me sentindo aquela maravilha.
Mas, de toda forma, prendo a fivela no cabelo.
Daí a mamãe bate na porta, "O Edu ligou, pediu pra você dar um pulo lá no Tudo Verde. Ele está precisando daquela camiseta da loja, que ele emprestou para você".
Fico surpresa – normalmente hoje não é dia de trabalho do Edu. E contente, porque a mamãe me deixou sair de casa.
Pergunto a ela se posso comprar um suco de ervas – nada de muito gostoso.
E ela, "Acho que você já sofreu bastante. Compre um sorvete".
E me dá um dinheirinho. Acho que vou comprar sorvete de morango, ou talvez de banana. Já enjoei de manga.
Vou pensando nisso andando pela rua, olhando para a calçada.
Também penso nesses chicletes todos grudados na calçada, que nunca mais vão sair dali. É uma pena que as pessoas não joguem chiclete na lata do lixo, a calçada ficaria muito mais bonita.

Penso em tudo isso e também nas formiguinhas que vivem nas fendas das calçadas – o que será que elas acham do chiclete?

Também penso em todo mundo na escola – neste momento a peça deve estar começando. Eu ia participar, ia ser uma das estrelas, mas agora acho muito difícil eu ser descoberta por um caçador de talentos. Nunca vou me tornar uma estrela infantil como a Stella Summer, e nunca vou ser famosa na TV.

Estou tão absorvida pensando em tudo isso que quando levanto os olhos já cheguei no Tudo Verde. Mas que estranho – tem um monte de gente na frente da loja, e um monte de holofotes, equipamentos e tal. Vejo o Valdo na calçada, conversando com o meu irmão e a Kira, então me enfio no meio deles e pergunto, "Ei, o que está acontecendo?".

E adivinha o que o Valdo diz?

"É Hollywood, *baby*!"

Ele fala em tom de brincadeira, mas sabe de uma coisa? É sério – é uma filmagem bem aqui, na rua Sésamo. E o pessoal da equipe é mesmo de

HOLLYWOOD.

Pergunto, "Que filme eles estão fazendo?".

O Valdo já vai me responder quando escuto uma voz atrás de mim:

"Ei, garota, você é fã da Ruby Redfort?".

E eu digo, "Como você sabe?"

O homem dá uma batidinha na minha fivela de cabelo e diz,

"Garota, você é dez!",

e eu, "Maneiro, cara!", que é o que a Ruby Redfort diria – porque você não imagina com quem eu estou falando... Com o mordomo da Ruby, o Hitch!

Mas não é o Hitch de verdade, é claro, é o George Conway, o ator que faz o Hitch.

E eu, "Uau, vocês estão fazendo o filme da Ruby Redfort aqui, nesta rua? O filme de Hollywood, mesmo? Ah, não acredito! Olha, eu moro logo ali, e o meu irmão trabalha nessa loja, o Tudo Verde, e eu sempre venho aqui – uau, nem posso acreditar!".

Não consigo parar de falar – é como naquele episódio da Ruby Redfort, quando o Clancy Crew

bebeu por engano o elixir da verdade e não
conseguia parar de tagarelar. Estou igualzinha,
blá blá blá.

Daí uma pessoa da equipe de Hollywood chega para
o Edu e diz,

"Ei, essa menina é a sua irmã?
Não era dela que você estava falando
agora há pouco?
É exatamente o que nós
estamos procurando –
uma menina para entrar na loja.
Ei, garota, você
gosta de representar?".

E eu, "O quê?!".

E o George Conway,

"Ei garota, você quer
trabalhar no filme?".

E eu não consigo nem falar, estou chocada, alucinada,
perplexa. Só fico ali parada na frente dele, sem falar
nada. É a primeira vez na vida que eu preciso dizer
alguma coisa, e não consigo abrir a boca!

Mas daí meu irmão Edu diz, "Quer sim, claro que
ela quer entrar no filme".

Eu olho para o Edu e ele me dá uma piscada. E o pessoal de Hollywood diz, **"Estupendo!".**
Daí eles me fazem uma maquiagem no *trailer* da equipe, e eu não preciso usar figurino nem nada, porque o meu papel é de uma garota comum que entra na loja.
E daí adivinhe quem chega? A Stella Summer, a própria! E a maquiadora logo começa a pentear o cabelo dela que nem louca. Não é para menos que ela tem um cabelo tão bacana – qualquer um teria, se tivesse uma pessoa atrás escovando, o tempo todo, sem parar.
E a Stella Summer diz,
"Ah, meu Deus, perdi minha fivela de mosquinha da Ruby Redfort".
E todo mundo começa a procurar pelo chão e eu digo,
"Eu tenho uma, pode usar".
E a Stella Summer diz,
"Valeu, garota, toca aqui".
E eu digo, "Sem problema", porque não me importa mesmo. Não consegui usar minha fivela na

peça da escola, mas no fim quem vai usar é a atriz de verdade que faz a Ruby Redfort, num filme de verdade.
Só que isso significa que vou ter que comer muito macarrão, outra vez.
Quando chego na calçada, o pessoal da filmagem me diz o que fazer. Um deles diz,

"CENA 6,
TOMADA 1,
AÇÃO!"

Tenho que entrar na loja e fingir que compro um sorvete e sair, daí o ator que faz o Hitch agarra meu sorvete e joga no chão, e daí vem o ator que faz o papel do malvado Hogtrotter, o Porcão, e escorrega no sorvete, e daí a Stella Summer, que faz a Ruby Redfort, pula fora do carro e senta em cima dele para ele não escapar.
E ela fala, "Porcão, meu velho, parece que desta vez você escorregou mesmo!".

E daí ela vira para mim e diz, "Valeu, garota!", e dá um tapinha na fivela de mosca.
E daí o cara de Hollywood fala,

Você percebe, eu só precisei fazer uma cara de surpresa – é a tal história da reação, e eu sei reagir porque a Czarina nos ensinou, na oficina de teatro.
É uma coisa bem difícil de fazer, mas para mim é fácil porque eu já tive treinamento.
É tudo muito emocionante e eu faço direitinho já na primeira tomada, "de primeira", como diz o pessoal de cinema.
E quando termino o George Conway me dá um beliscãozinho na bochecha e diz,
"Bom trabalho, garota!".
Que é exatamente o que o Hitch diria.

Talvez você não acredite, mas tudo isso é ab-so-lu-ta-men-te verdade.
Certos dias acontecem coisas estranhas. Você pensa que só vai até ali comprar um sorvete, e de repente, surpresa! – você está falando com a Ruby Redfort em pessoa.
Sabe, tem coisas difíceis de explicar.
Certas coisas que dão errado acabam dando certo.
E às vezes um pouco de azar acaba se transformando numa tremenda sorte.

Este livro é dedicado
a duas pessoas
superhiperlegais

Alex e Jenny

com carinho da Lauren P.
É isso aí, pessoal!

Ei, obrigadíssima a

Waldo Park

e à superloja Sésamo

Superobrigada a

*Ann-Janine Murtagh, Goldy Broad,
Ruth Alltimes, Cressida Cowell,
Jenny Valentine e
Pat e Chris Cutforth*

Valeu, garotos – vocês são dez!

coleção

Clarice Bean

Título original: *Clarice Bean spells trouble*
Título da edição brasileira: *Clarice Bean tem um problema*

★ Vencedor do Prêmio da
Associação Literária WOW

Edição brasileira
Diretor editorial
Fernando Paixão

Editora
Claudia Morales

Editor-assistente
Fabricio Waltrick

Coordenadora de revisão
Ivany Picasso Batista

Revisoras
Camila Zanon
Luciene Lima

ARTE
Editor
Antonio Paulos

Diagramador
Claudemir Camargo

Editoração eletrônica
Moacir K. Matsusaki

CIP-BRASIL. CATALOGAÇÃO NA FONTE
SINDICATO NACIONAL DOS EDITORES DE LIVROS, RJ.

C464c

Child, Lauren
Clarice Bean tem um problema / Lauren Child ; tradução Isa Mara Lando ; adaptação de Isa Mara Lando e Fabricio Waltrick. – São Paulo : Ática, 2008
il. – (Clarice Bean)

Tradução de: Clarice Bean spells trouble

ISBN 978-85-08-09971-9

1. Literatura infantojuvenil. I. Lando, Isa Mara. II. Título. III. Série.

05-2167 CDD 028.5
CDU 087.5

ISBN 978 85 08 09971-9 (aluno)
ISBN 978 85 08 09972-6 (professor)
Código da obra CL 733133
CAE: 225006 - AL

2022
1ª edição, 10ª impressão
Impressão e acabamento
Vox Gráfica

Avenida das Nações Unidas, 7221 – CEP 05425-902 – São Paulo, SP
Atendimento ao cliente: 4003-3061 - atendimento@aticascipione.com.br
www.aticascipione.com.br

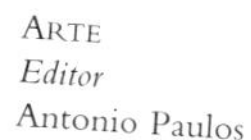